AF619721

1865 - Mai - 8

CATALOGUE

DE LA

COLLECTION DE TABLEAUX

ANCIENS,

des écoles hollandaise & flamande.

COMPOSANT LA GALERIE DE FEU

M. Guillaume-Thierry-Arnaud-Marie, Baron de BRIENEN DE GROOTELINDT.

Chambellan de S. M. le Roi des Pays-Bas,
Membre des États provinciaux de la Hollande méridional
Chevalier de l'ordre du Lion néerlandais,
Grand officier de l'ordre de la Couronne de chêne,
Officier de la Légion d'honneur,
Commandeur et officier de plusieurs ordres étrangers

La vente aux enchères publiques aura lieu

à PARIS,

HOTEL DES COMMISSAIRES-PRISEURS, RUE DROUOT, N° 5, SALLE N° 7.

Les Lundi 8 et Mardi 9 Mai 1865, à trois heures précises,

PAR LE MINISTÈRE DE Mᵉ CHARLES PILLET, COMMISSAIRE-PRISEUR

RUE DE CHOISEUL, 11,

et sous la direction de M. ÉTIENNE LE ROY,

COMMISSAIRE-EXPERT DU MUSÉE ROYAL DE BRUXELLES, HÔTEL D'ORIENT
RUE NEUVE SAINT-AUGUSTIN, 48, A PARIS,

ET DE M. FERDINAND LANEUVILLE,

PEINTRE-EXPERT, RUE NEUVE-DES-MATHURINS, 73,

chez lesquels se distribue le présent catalogue.

EXPOSITION PARTICULIÈRE
le Samedi 6 Mai 1865, de midi à cinq heures.

EXPOSITION PUBLIQUE
le Dimanche 7 Mai 1865, de midi à cinq heures.

Seconde édition.

PARIS
RUE CHOISEUL, 11.

BRUXELLES
PLACE DU GRAND-SABLON, 12.

1865

Bruxelles. — Impr. et lith. de E. Guyot, rue de l'Achêne, 12.

CATALOGUE

DE LA

COLLECTION DE TABLEAUX

ANCIENS,

DE FEU

M. Guillaume-Thierry-Arnaud-Marie, Baron de BRIENEN DE GROOTELINDT.

CONDITIONS DE LA VENTE.

Elle sera faite au comptant.

Les acquéreurs payeront, en sus des adjudications, cinq pour cent, applicables aux frais.

Bruxelles. — Impr. et lith. de E. Guyot, rue de Pachéco, 12.

CATALOGUE

DE LA

COLLECTION DE TABLEAUX

ANCIENS,

des écoles hollandaise & flamande,

COMPOSANT LA GALERIE DE FEU

M. Guillaume-Thierry-Arnaud-Marie, Baron de BRIENEN DE GROOTELINDT,

Chambellan de S. M. le Roi des Pays-Bas,
Membre des États provinciaux de la Hollande méridionale,
Chevalier de l'ordre du Lion néerlandais,
Grand officier de l'ordre de la Couronne de chêne,
Officier de la Légion d'honneur,
Commandeur et officier de plusieurs ordres étrangers.

La vente aux enchères publiques aura lieu

à PARIS,

HOTEL DES COMMISSAIRES-PRISEURS, RUE DROUOT, N° 5, SALLE N° 7,
Les Lundi 8 et Mardi 9 Mai 1865, à trois heures précises,
PAR LE MINISTÈRE DE Me CHARLES PILLET, COMMISSAIRE-PRISEUR,
RUE DE CHOISEUL, 11,

et sous la direction de M. ÉTIENNE LE ROY,

COMMISSAIRE-EXPERT DU MUSÉE ROYAL DE BRUXELLES, HÔTEL D'ORIENT,
RUE NEUVE SAINT-AUGUSTIN, 48, A PARIS,
ET DE M. FERDINAND LANEUVILLE,
PEINTRE-EXPERT, RUE NEUVE-DES-MATHURINS, 73,

chez lesquels se distribue le présent catalogue.

EXPOSITION PARTICULIÈRE
le Samedi 6 Mai 1865, de midi à cinq heures.

EXPOSITION PUBLIQUE
le Dimanche 7 Mai 1865, de midi à cinq heures.

Seconde édition.

PARIS
RUE CHOISEUL, 11.

BRUXELLES
PLACE DU GRAND-SABLON, 12.

1865

CE CATALOGUE SE DISTRIBUE :

A PARIS,	chez MM. **Pillet**, Commissaire-Priseur, rue de Choiseul, 11.
»	» **Étienne Le Roy**, hôtel d'Orient, rue Neuve Saint-Augustin, 48.
»	» **Ferdinand Laneuville**, Peintre-Expert, rue Neuve-des-Mathurins, 73.
»	» **Goupil et Cᵉ**, Boulevard Monmartre, 19.
A LILLE,	» **Leleu**, Libraire.
A MARSEILLE,	» **Valli**, Marchand de Tableaux, rue Paradis, 24.
A LYON,	» **Hoëth**, Marchand d'Estampes, rue Romarin, 9.
A ROUEN,	» **Billard**, Marchand de Curiosités.
A MONTPELLIER,	» **Baron Ramadié Doubernard**, Commissionnaire en Librairie.
A BRUXELLES,	» **Étienne Le Roy**, place du Grand Sablon, 12.
A ANVERS,	» **Tessaro**, Marchand d'Estampes.
A LIÉGE,	» **Van Marcke**, Marchand d'Estampes, rue de l'Université.
A BRUGES,	» **Bogaert**, Libraire.
A GAND,	» **Duquesne**, Libraire.
A LONDRES,	» **Farrer**, New-Bond-Street, 106.
»	» **Colnaghi**, March. d'Estampes, Pall-Mall East, 14.
A AMSTERDAM,	A l'hôtel du baron **de Brienen de Grootelindt**, 156, Heerengracht.
»	chez MM. **Engelberts**, expert du Musée.
»	» **Hopman**.
A LA HAYE,	» **Martinus Nyhoff**, Libraire-Éditeur, Raamstraat, 49.
»	» **Goupil et Cᵉ**, Plaats, 14.
A ROTTERDAM,	» **Nygh**, Libraire-Éditeur.
»	» **Otto Petri**, Libraire-Éditeur.
A COLOGNE,	» **Héberlé**, Marchand d'Antiquités.
A BERLIN,	» **Lepke**, sous les Tilleuls.
A LEIPZIG,	» **Brockhaus et Cᵉ**.
A FRANCFORT-S/MEIN,	» Le professeur **Oppenheim**.
»	» **Antoine Baer**, Marchand de Tableaux, Place Schiller, 3.
A DRESDE,	» **Arnold**, Marchand d'Estampes.
A MUNICH,	» **Oberdorfer**, Libraire et Antiquaire, Place de la Promenade.
A VIENNE,	» **Artaria et Cᵉ**.
A SAINT-PÉTERSBOURG,	» **Von Regmorter**.
»	» **Negri et fils**, Marchands de Tableaux et d'Antiquités.
A ROME,	» **Durantini**, Peintre.
A FLORENCE,	» **Ricciеri**, Peintre.
A GENÈVE,	» **Kühn**, March. d'Antiquités, quai des Bergues, 15.
A BERNE,	» **J. Woog**, Marchand de Tableaux et de Curiosités, Grande Rue.
	» **Schuber** et **Walz**, Marchands d'Objets d'Art.

INTRODUCTION.

Avant de décrire les tableaux des anciennes écoles hollandaise et flamande, qui composent la précieuse galerie laissée à ses héritiers par feu Monsieur Guillaume-Thierry-Arnaud-Marie, baron de Brienen de Grootelindt, chambellan de S. M. le Roi des Pays-Bas, membre des États provinciaux de la Hollande méridionale, chevalier du Lion Néerlandais, grand officier de l'ordre de la Couronne de Chêne, Officier de la Légion d'honneur, commandeur et officier de plusieurs ordres étrangers, il convient, dans cette *introduction*, de rappeler par quelle intelligente initiative trois générations successives de la famille des barons de Brienen de Grootelindt ont concouru à composer, à enrichir cette splendide collection.

Le premier noyau en fut formé par Monsieur Arnaud-Jean, baron de Brienen de Grootelindt; son fils, Monsieur Guillaume-Joseph, baron de Brienen de Grootelindt, maire de la ville d'Amsterdam sous le règne de l'empereur Napoléon Ier, plus tard membre de la première chambre des États généraux de la monarchie néerlandaise, a continué à enrichir cette précieuse collection.

Les tableaux anciens, dont nous avons à nous occuper et qui se trouvent à Amsterdam soigneusement classés et conservés dans l'hôtel de la famille des barons de Brienen de Grootelindt, représentent une des trois dernières galeries particulières, mais rivalisant avec des musées nationaux dont s'enorgueillit encore cette grande cité, et que tous les *Guides des voyageurs en Hollande* signalent à l'admiration des amateurs des beaux-arts.

Tous les touristes du grand monde qui, depuis le développement des chemins de fer et l'essor des services de paquebots à vapeur, ont fait d'Amsterdam et de la Néerlande le but de leurs excursions, tous ont visité la magnifique galerie que nous allons décrire; nous en appelons avec confiance à leurs souvenirs, avec le regret de ne pouvoir rendre, à l'aide de la plume, ce qu'a su si bien accomplir le pinceau de tant d'artistes représentés là par leurs meilleures compositions.

Ce fut surtout à dater de l'année 1808 que Monsieur Guillaume-Joseph, baron de Brienen de Grootelindt, put ajouter au remarquable noyau formé par son père plusieurs productions qu'il eût été bien difficile d'acquérir plus tard, même au prix d'énormes sacrifices. L'ardeur de concurrence et la rivalité d'émulation qui grandissent d'année en année autour des chefs-d'œuvre authentiques des anciens maîtres, y auraient opposé de grands obstacles.

Voilà une des circonstances dans lesquelles l'honorable maire d'Amsterdam put devenir l'heureux possesseur d'admirables compositions qui, loin de rester isolées, se complétaient, s'harmonisaient sans cesse par de nouvelles acquisitions.

Dans ce nombre sont deux des meilleures productions de Paul Potter, du grand artiste qui n'a jamais mieux manifesté l'incomparable éclat de son talent que dans les deux tableaux : *Bergers prenant leur repas; Animaux effrayés par l'orage.*

D'après l'ordre chronologique du développement de cette belle galerie, nous devons une mention spéciale aux productions suivantes :

Un *paysage*, site d'Italie, merveilleux d'effet, de

lumière, de vérité, que l'on peut appeler un chef-d'œuvre de l'inspiration fraternelle de Jean et André Both;

Deux *Scènes d'intérieur* pour lesquelles Pieter de Hoogh s'est surpassé lui-même, sous le double rapport de la finesse de l'exécution et du parti merveilleux qu'il tire des rayons du soleil;

Trois bijoux de Gérard Dov, dont le plus précieux, la *Bonne ménagère*, caractérise la perfection de l'art dans ce genre de peinture;

Deux *Portraits*, œuvre de Rembrandt, qui, dans la reproduction d'un homme d'un certain âge, a su porter le réalisme au plus haut degré d'expression;

Un *Intérieur* où Jean Steen s'est représenté lui-même, en concentrant, dans un tableau qui fait illusion, toute la verve de son esprit, toutes les séductions de son pinceau;

L'*Automne* et l'*Hiver*, deux perles détachées du riche écrin d'Adrien Van de Velde, qui, par leur dimension et leurs rares qualités, méritent de servir de pendants au *Paysage sablonneux* de Philippe Wouwerman, véritable bijoux acheté pour l'empereur Napoléon III, à la vente de la collection Patureau;

La *Vue d'une place en Hollande*, tableau justement célèbre de Van der Heyden et d'Adrien Van de Velde, qui n'ont jamais été plus heureux dans leur féconde association;

Une *Halte de voyageurs à la porte d'une auberge*, admirable composition d'Isack Van Ostade;

Un *Paysage où chemine un coche*, merveille due aux talents réunis de Wynants et d'Adrien Van de Velde.

Voici de Philippe Wouwerman, le peintre favori de

l'aristocratie, surtout des *sportmen,* une *Halte de chasseurs au seuil d'une auberge*, dont il est impossible de rendre le charme, l'effet, la magie.

Willem Van de Velde, le grand peintre des scènes maritimes, y brille par trois de ses plus parfaites productions, parmi lesquelles figure ce monument d'inspiration et de patriotisme consacré à l'immortelle bataille navale dite des *trois jours*.

Maintenant, nous sommes en face de quatre tableaux de Jacques Ruisdael, dont l'*Écluse* et le *Château de Bentheim* échappent à toute description, en faisant rêver au prestige de l'art, rival heureux de la nature.

Vient ici, par ordre de date, un chef-d'œuvre de Meindert Hobbema, un *Paysage de la Gueldre,* acheté en 1833 par Monsieur Guillaume-Joseph, baron de Brienen de Grootelindt, lors de la vente du cabinet de Monsieur de Vos. Cette page exceptionnelle, par les qualités exquises qui la recommandent, autant que par le mérite hors ligne de la composition, est bien digne de servir de pendant au célèbre tableau des *Deux moulins,* du même peintre, qui figure dans la galerie de Monsieur le duc de Morny.

Nous pourrions signaler encore plusieurs œuvres d'élite qui appartiennent à la collection dont nous donnons plus loin une description raisonnée; mais un pareil choix de tableaux, si précieusement formé, si religieusement conservé, d'ailleurs si connu, se passe d'éloges, lesquels restent toujours au-dessous de la vérité.

C'est à Paris, dans l'hôtel des commissaires-priseurs, rue Drouot, qu'aura lieu, les 8 et 9 mai 1865, la vente de cette précieuse collection.

ÉTIENNE LE ROY.

CATALOGUE.

1. **BACKHUYSEN** (Ludolf).

Né à Emden en 1631. — Mort à Amsterdam en 1709.
Élève d'Allard Van Everdigen.

MER ORAGEUSE.

Une frégate de vingt canons, portant le pavillon hollandais, cherche à gagner un port que l'on voit dans le fond, à droite; là, elle pourra réparer ses avaries et se mettre à l'abri de la tempête qui lui a fait perdre une partie de ses mâts.

A gauche, une barque de pêcheur, qui semble plier sous la violence du vent, et traînant sa chaloupe, s'efforce aussi de surgir au port. Toute cette partie du tableau est encore éclairée.

A droite, dans l'ombre produite par les nuages amoncelés, des marins carguent les voiles de leur embarcation, pour qu'elle soit accostée par un bateau de pêche où se trouvent trois hommes; l'un d'eux cherche à faire passer sur l'embarcation un câble, au moyen d'une gaffe. Un peu plus à droite, un bâtiment qui a toutes ses voiles dehors. Dans le fond, plusieurs navires sont également le jouet de la tempête.

Ce tableau se distingue surtout par le mérite de l'exécution et l'éclat du coloris; cette dernière qualité est assez rare dans les compositions de Backhuysen, qui ont poussé généralement au noir, dans les effets de ce genre.

Hauteur 98 cent. Largeur 1 mètre 25 cent. Toile.

Cet ableau provient de la vente de feu S. M. Guillaume II, faite à La Haye, en 1850.

2. BERCHEM (Nicolas).

Né à Harlem en 1623.—Mort à Amsterdam en 1683.
Élève de Pieter Claasze Berchem, de Jan Van Goien, de Nicolaas Moijaart, de Pieter Franzs De Grebber, de Jan Wils et de Baptiste Weenix.

PAYSAGE. — SITE D'ITALIE.

A droite du spectateur, quelques monuments en ruines dominent des habitations rustiques.

Au premier plan, sur un chemin, une paysanne, montée sur un âne, attend, pour continuer son voyage, qu'un berger ait fini d'arranger la bride de sa monture. Tout auprès, s'avance un bœuf, se dirigeant du côté du spectateur ; puis deux moutons et une génisse au poil gris.

Au second plan, à gauche, on voit un muletier et un pâtre ; ils sont précédés d'une vache et suivis d'une chèvre ; ils vont passer à gué une rivière, comme viennent de le faire des bergers qui avec leurs troupeaux prennent un chemin bordé de montagnes.

A l'horizon, le soleil se couche derrière une chaîne de rochers.

Le ciel est parsemé de nuages ; mais une partie du paysage se trouve vivement éclairée par les rayons du soleil.

Sur un fragment du rocher, près duquel est un chien, l'artiste a signé : N. Berchem.

Hauteur 50 cent. Largeur 62 cent. Toile.

Décrit au *Catalogue raisonné* de Smith, volume V, page 78, n° 241.

3. BOTH (Jean-André).

Né à Utrecht en 1610. — Mort dans la même ville en 1650.
Jean Both était élève d'Abraham Bloemaert.

PAYSAGE. — SITE ITALIEN.

Au centre du premier plan, tombe en cascade une rivière qui coule entre des rochers couverts d'une couche de terre où croissent des arbres et des arbustes. Près de là, à gauche, sur un tertre, l'artiste est occupé à dessiner les sites, dont un berger qui l'accompagne lui fait remarquer les beautés, en *cicerone* rustique.

Un rayon de soleil éclaire le chemin à gauche, qui tourne et disparaît au centre, derrière un bloc de rochers; un muletier en descend et conduit par la bride une bête de somme pesamment chargée; il est suivi d'une bergère montée sur un âne et d'un piéton en costume de villageois. Dans le fond, cheminent d'autres personnes.

A l'avant-plan, mais à gauche, un cavalier gravit la montagne; derrière, vient un valet avec son bâton.

Cette partie de la composition est ombragée par des arbres de haute futaie, dont les branches répandent autour d'elles une forte masse d'ombre. De hautes montagnes à sommets élevés s'étendent au loin et se perdent à l'horizon.

Le ciel parsemé de légers nuages est coloré par les feux du soleil couchant. Cette production est une des plus finies, des plus délicates du meilleur temps des deux maîtres, associant fraternellement leur talent.

Au point de vue de l'art, ce paysage est d'une beauté supérieure, et même pour l'œil le moins exercé, le moins connaisseur, c'est un spectacle rempli de charme.

Le site appartient aux études recueillies par J. Both en Italie, et dont il s'est inspiré pour ses tableaux.

L'heure de l'après-midi d'une belle journée d'automne est parfaitement indiquée. Si nous ne cédons pas à une illusion ou à notre admiration pour la manière dont la nature se trouve ainsi traduite, nous dirons que ce tableau égale en magie les compositions de Claude Gellée, dit le *Lorrain*. Effectivement, il règne dans ce paysage une entente si parfaite de la lumière, une dégradation des plans si fidèlement observée, une touche si facile et si spirituelle, une telle élégance de formes, avec tant de détails admirablement rendus, que le comble de l'art semble atteint dans cette heureuse imitation d'une nature choisie. C'est la vérité empreinte d'idéal.

A droite, sur un bloc de rocher, le tableau est signé : J. Both *f.*

Hauteur 67 cent. Largeur 80 cent. Toile.

Décrit au *Catalogue raisonné* de Smith, volume VI, page 206, n° 96.

---

4. DOV (Gérard).

Né à Leyde en 1613. — Mort dans la même ville en 1680.
Élève de Bartholomeus Dolendo, de Pieter Kouwenhoven et de Rembrandt.

LA BONNE MÉNAGÈRE.

Par une fenêtre cintrée, dont des planches ferment la partie supérieure, et devant laquelle pend une poulie avec corde et crochet, une bonne ménagère fixe ses regards sur une plante d'œillet qu'elle vient d'arroser et qui croit dans un pot de terre rouge à anses. Un plateau, ayant pour appui une tablette de bois posée en dehors, sert de piédestal au vase, objet des soins de la bonne femme, vêtue d'un casaquin d'étoffe, que recouvre une douillette de soie brune, garnie de fourrure sur laquelle retombe une large collerette plissée. Un chapeau de feutre permet de voir en partie cet affectueux et sympathique visage qui se montre de trois quarts.

La femme tient de la main droite le pot de grès avec lequel a été arrosé l'œillet favori, et de la main gauche elle s'appuie au rebord de la fenêtre, dans sa muette contemplation.

Sous l'appui de la fenêtre, on voit une cage en bois, et à droite un tapis de laine à raies rouges, accroché à la muraille.

La tête, les bras et les mains de la ménagère sont en partie éclairés par le soleil, qui répand sur les accessoires que nous avons décrits une clarté remplie de charme ; au bas, sur la cage, on lit la signature : G. Dov.

Il est impossible de signaler une œuvre plus parfaite de ce maître ; jusqu'aux moindres détails, tout est l'objet des soins les plus délicats, par le fini de l'exécution.

Hauteur 24 cent. Largeur 18 cent. Bois.

Décrit au *Catalogue raisonné* de Smith, volume I, page 31, n° 91, et au *Supplément*, page 14, n° 43.

---

5. DOV (Gérard).

ERMITE EN PRIÈRE. 9,700

Dans l'intérieur d'une grotte, devant un crucifix qui repose sur une voûte en maçonnerie, auprès d'un tronc d'arbre, est pieusement agenouillé un ermite à la barbe blanche, avec la tête en partie dénudée de cheveux et vêtu d'un froc brun à capuchon.

Les yeux fixés sur l'image du Christ, le saint personnage prononce une fervente prière, qu'achèvent de caractériser ses mains jointes reposant sur un livre in-folio placé devant lui.

Dans le fond, par une éclaircie, on aperçoit le ciel.

Admirable expression de la figure, exécution ferme et de la touche la plus délicate. Ce tableau, par ces qualités réunies, ne le cède en rien au sujet précédent.

Sur la couverture du livre, la signature : G. Dov.

Hauteur 25 cent. Largeur 18 cent. Bois.

Provenant de la collection de M. Gerrit Muller, Amsterdam, 1827.

Décrit au *Supplément du Catalogue raisonné* de Smith, page 21, n° 68.

---

6. DOV (Gérard). 22,000

LE CHIEN DE GARDE.

Un chien blanc, au poil ras moucheté de noir, les oreilles courtes, est couché sur une table en bois, la tête appuyée sur sa patte gauche. Tout en se reposant, il veille sur différents objets confiés à sa garde et qui se trouvent à côté, sur la même table. Parmi ces objets, on remarque un étouffoir en grès, des branches d'arbre, une mule et un panier d'osier.

La tête du chien est admirable d'expression. Quant au tableau, dans son ensemble et ses détails, c'est une merveille de vérité et d'exécution. Signé sur l'épaisseur de la table : G. Dov.

Hauteur 16 cent. Largeur 21 cent. Bois.

Ce tableau provient des collections *Pompe Van Meerdervoort,* Leyde, 1780 ; *Cremer,* Rotterdam, 1816 ; *Jurians,* Amsterdam, 1817.

Décrit au *Catalogue raisonné* de Smith, volume I, page 20, n° 59, et au *Supplément,* page 16, n° 47.

---

7. EECKHOUT (Gerbrand Van den).

Né à Amsterdam en 1621. — Mort dans la même ville en 1674.
Élève de Rembrandt.

SUJET TIRÉ DE L'HISTOIRE ROMAINE.

A gauche, un empereur en costume romain, couronné de lauriers et tenant son sceptre, semble refuser des présents que lui offrent une femme et un homme, agenouillés au pied des marches du perron du palais où ils ont déposé leurs dons.

La femme est vêtue d'une robe de satin blanc, et son compagnon d'un justaucorps en soie jaune ; derrière, deux vieillards debout, un homme et une femme. Auprès de l'empereur se trouvent ses gardes.

Dans le fond à gauche, par une arcade formant l'entrée du palais, on voit deux guerriers revêtus de leur cuirasse, et des soldats, puis des hommes qui portent des présents destinés au monarque.

A l'extrémité, des monuments et des habitations.

Signé : G. A. F. Eeckhout, *f*, 1669.

Hauteur 42 cent. Largeur 47 cent. Toile.

---

8. FLINCK (Govert).

Né à Clèves en 1615. — Mort à Amsterdam en 1660.
Élève de Lambert Jacobzen et de Rembrand.

PORTRAIT D'UN AMIRAL HOLLANDAIS, 1655.

Cette date de 1655 suffit pour rappeler la plus glorieuse époque de l'histoire des Provinces-Unies, alors que leurs escadres résistaient aux efforts combinés des flottes d'Angleterre et de France. Pour représenter ces luttes immortelles, pour reproduire sur la toile les traits des héroïques frères d'armes de Van Tromp et de Ruyter, les peintres ne manquaient pas. C'est un fait irrécusable, quand on examine le beau portrait dont voici la rapide description:

Govert Flinck nous montre l'amiral vêtu d'un pourpoint noir que recouvre un ample manteau relevé sur le bras gauche ; une large collerette rabattue est retenue par des glands. Ce personnage, debout, tient de la main gauche un gant, l'autre main repose sur la tête d'un chien. Son chapeau se trouve sur une table placée à gauche.

A travers une fenêtre à droite du spectateur, on distingue les différentes scènes d'un combat naval, heureuse inspiration qui associe le vaillant marin à une de ses actions d'éclat ! Il semble lui-même assister à sa gloire.

Hauteur 1 mètre 21 cent. Largeur 98 cent. Toile.

---

9. GRIFFIER (Jean).

Né à Amsterdam en 1645. — Mort à Londres en 1718.
Élève de Herman Saftleven et de Roeland Roghman.

VUE PRISE AUX BORDS DU RHIN.

Au premier plan, à gauche, trois villageois dansent une ronde, en se tenant par la main ; tout auprès se trouvent deux enfants assis, et derrière, à la porte d'un estaminet, d'autres personnages rustiques.

Quelques personnes animent encore cette composition. Au second plan, à gauche, un château féodal avec tourelles, situé au bord du Rhin ; de nombreuses embarcations stationnent sur le fleuve. A droite, s'élève un autre château.

Tableau de petite dimension, mais rempli de mouvement et d'intérêt.

Hauteur 22 cent. Largeur. 28 cent. Bois.

10. HALS (Frans).

Né à Malines en 1584. — Mort à Harlem, en 1666.
Élève de Carel Van Mander.

Un gentilhomme à la physionomie distinguée, avec moustache et barbiche, à la chevelure grisonnante, coiffé d'un large feutre noir, est assis dans un appartement faisant face au spectateur. Il se penche en arrière sur une chaise en bois garnie de velours bleu à franges, avec coussin en moquette.

Son riche costume consiste en un pourpoint de drap brun clair avec manches en soie pourpre à galons de passementerie, terminées par de grandes manchettes en mousseline festonnée de dentelles; un manteau en drap avec collet de velours a glissé des épaules et entoure négligemment le corps; enfin une ample collerette en mousseline à festons, attachée par un cordon, achève de fournir au peintre l'occasion de déployer son talent. Des culottes courtes galonnées, des bottes molles en cuir jaune aux talons armés d'éperons à grandes mollettes et des bas blancs complètent le costume de ce gentilhomme tenant une cravache flexible, et dont le pied droit repose sur le genou gauche.

Auprès de lui, une table recouverte d'un tapis de drap vert sur lequel se trouve un livre fermé. Un rideau à demi relevé laisse voir un tableau accroché à la muraille du fond.

Cette composition, d'une simplicité harmonieuse de couleur et d'une facilité d'exécution remarquable, produit l'illusion la plus complète ; on croit entendre la respiration et les battements de cœur de cet homme, qui semble vivre. C'est un délicieux spécimen de ce qu'a produit de plus parfait le pinceau de Frans Hals.

Hauteur 46 cent. Largeur 36 cent. Bois.

11. HELMONT (Mathieu Van).

Né à Bruxelles en 1653. — Mort à Anvers en 1719. (École flamande.)
Élève de David Teniers.

1553

INTÉRIEUR D'UN CORPS DE GARDE.

Un trompette revêtu d'un riche habit d'uniforme est assis sur un panier renversé et joue aux cartes avec un paysan, que le bonheur de son adversaire met au désespoir.

A droite, auprès des joueurs, un officier en casaque de buffle qui recouvre un justaucorps gris, fume tranquillement sa pipe, en se carrant sur sa chaise, dont le dossier supporte son bras ; il ne prend aucun intérêt à la partie de cartes de ses voisins. Derrière l'officier, un soldat à la face rougeaude, s'adresse à une servante qui, les mains campées sur ses hanches, semble très-peu sensible aux propos du militaire. Une cruche est aux pieds de la servante.

A l'avant-plan, un chien couché, des débris de pipe ; derrière la table, un paysan qui semble irrité de la mauvaise chance de son compagnon ; un soldat qui fourbit ses armes ; à gauche, un homme qui se déshabille ; enfin, des fumeurs qui se chauffent devant la cheminée, complètent cet intérieur de corps de garde.

Hauteur 54 cent. Largeur 68 cent. Toile.

---

12. HEYDEN (Jean Van der) et VELDE (Adrien Van de).

Van der Heyden, né à Gorcum, en 1637. — Mort à Amsterdam en 1712.

2,00

VUE D'UNE PLACE PUBLIQUE D'UNE VILLE HOLLANDAISE.

A droite s'élève une église d'architecture ogivale avec un portail du xvie siècle, formant avant-corps. L'église est soutenue par des contre-forts massifs, entre lesquels s'ouvre une fenêtre en ogive, aussi hardie que gigantesque, dont les nervures et les dessins sont rendus avec l'admirable précision qui caractérisait le talent de Van der Heyden.

Sous la fenêtre, une palissade en bois, puis faisant suite à l'église, un mur à hauteur d'appui avec rebords en pierres de taille. Toute l'église est vivement éclairée par les rayons du soleil, tombant sur les contre-forts qui projettent leur ombre sur le mur, en laissant la partie en retrait dans une pénombre, de l'effet le plus saisissant.

Sous le portail, une jeune femme avec son enfant sur les bras, auprès de laquelle est assis un vieillard, implore la charité d'un gentilhomme en manteau de drap brun, sur le point d'entrer dans l'église. Un peu plus avant, trois enfants jouent aux billes.

Au milieu de la place, à l'ombre d'un superbe marronnier aux branches touffues, et dont la base du tronc est entourée d'une caisse peinte en vert, un moine cause avec un personnage de distinction, vêtu d'un manteau en drap brun, coiffé d'un feutre noir ; près d'eux stationne le page du noble cavalier.

Au second plan, deux dames en conversation ; l'une a la tête couverte d'un capuchon blanc, l'autre est vêtue d'une robe rouge, recouverte en partie par un casaquin bleu ; elle a sur les épaules une mantille noire. Plus au fond, à gauche, un gentilhomme et une dame se promènent ; ensuite, on voit un homme conduisant une brouette chargée d'un tonneau.

Enfin, à l'entrée d'une rue qui longe l'église, rue où les regards distinguent les toits variés marquant de nombreuses habitations, apparaissent deux capucins.

Ces diverses figures, chacune faisant type, sont dues au savant pinceau d'Adrien Van de Velde.

Un beau soleil rayonne sur l'avant-plan de cette splendide composition, dont tous les détails se détachent en vigueur jusque dans les parties les moins éclairées. Aussi, l'illusion est complète ; c'est la réalité prise sur le fait, grâce à l'initiative d'un peintre devenant créateur. On est tenté d'entrer dans cette église, de se promener sur cette place, d'y respirer un air pur. Jamais le triomphe de l'art n'a été poussé plus loin. L'heureux Van der Heyden use en maître des prestiges de l'optique, de la puissance du coloris, et cela dans l'ensemble comme dans les moindres détails de cette merveilleuse composition.

Sur la plinthe du mur d'appui, la signature : VHeyden.

Hauteur 44 et 1/2 cent. Largeur 70 cent. Bois.

Ce tableau provient de la collection de M. Gerrit Muller, Amsterdam, 1827.

Décrit au *Catalogue raisonné* de Smith, volume V, p. 400, n° 102.

---

13. **HOBBEMA (Meindert).**

La date de la naissance et celle de la mort de ce maître sont inconnues ; on pense qu'il a existé de 1629 à 1669.

PAYSAGE DE LA GUELDRE. 90,000

Dans ce délicieux tableau, dont il est impossible de détourner le regard et de détacher sa pensée, quand on a commencé à l'analyser, ou plutôt à l'admirer avec ses effets magiques, Hobbema a reproduit un site de son pays natal, de cette Gueldre tant aimée du grand artiste qui n'a point demandé à des pays lointains des inspirations étrangères, un soleil plus ardent, des eaux plus transparentes, des sites plus imposants et un autre ordre d'harmonies que sa piété filiale savait trouver dans cette belle nature, à laquelle l'identifiait son berceau.

Au premier plan, au bord d'un chemin qui tourne et disparait vers la gauche du tableau, à travers des massifs d'arbres indiquant l'entrée d'une forêt, un villageois debout et appuyé sur son bâton, en veste rouge, culottes courtes, feutre jaune, cause avec un paysan en jaquette bleue qui s'est tranquillement assis, après avoir déposé sur le sol son bâton et le fardeau dont il était chargé.

A gauche se déploie, à l'avant-plan, une mare où croissent des roseaux, ombragés par de vieux chênes aux troncs tortueux, qui forment la lisière de la forêt dans laquelle pénètre un paysan qui tient sa jeune fille par la main.

Au second plan, un terrain bien boisé longe un étang au bord duquel un homme, avec la patience proverbiale du pêcheur à la ligne, attend que le poisson morde à l'hameçon.

Cette partie de la composition est dominée par une habitation rustique, clôturée par des palissades près de laquelle on voit un paysan. La lumière du soleil, qui frappe à la fois cette cabane et les arbres dont elle est entourée, forme le plus heureux contraste, une opposition tranchée avec la couleur puissante des arbres de l'entrée de la forêt, que le peintre a plongés dans une large masse d'ombre à demi tempérée toutefois par le reflet que projette de ce côté l'éclat d'un ciel d'azur. A droite, le terrain est en partie couvert de plantes jeunes et vivaces, ainsi que de taillis alignés le long d'une digue; et sur le chemin montant, qui s'efface en tournant à gauche, un gentilhomme, qui tient son enfant par la main, cause avec une femme. Au bord du même chemin, des arbres, dont les troncs et les racines sont vivement éclairés par le soleil; plus loin, et derrière, sur la droite, un champ bordé de saules, qui se perd à l'horizon.

De légers nuages semblent flotter au-dessus des vapeurs de l'atmosphère qui montent vers le ciel, tandis que les rayons lumineux du soleil, en jetant une douce clarté sur ce paysage merveilleux, annoncent une belle journée d'été, qui ne touche pas encore à son déclin.

Quant à l'exécution, il suffit d'affirmer, en toute sincérité, aux personnes n'ayant pas eu l'occasion d'examiner cette merveilleuse page, que jamais Hobbema ne fut mieux inspiré; c'est une œuvre de son plus beau faire; il est impossible de voir un tableau plus parfait, sous le rapport de la délicatesse du pinceau, de l'habileté de l'empâtement, de la science et de l'harmonie de la couleur.

Signé sur le terrain à droite : M. HOBBEMA.

Hauteur 76 cent. Largeur 1 mètre 10 cent. Toile.

Ce chef-d'œuvre d'art fut apporté de la Gueldre, en 1773, par feu M. Devos, d'Amsterdam, dans la collection duquel il resta soigneusement conservé, jusqu'en 1833, époque où, à la vente publique qui eut lieu à Amsterdam, il fut acheté par M. le baron Guillaume-Joseph de Brienen de Grootelindt.

Décrit au *Catalogue raisonné* de SMITH, volume VI, p. 135, n° 66.

---

14. HOOGH (PIETER DE).

Florissait vers le milieu du XVIIe siècle.
Élève de Nicolaas Berchem.

55,000

INTÉRIEUR D'UNE RICHE HABITATION HOLLANDAISE.

Nous voici en face d'un tableau bien difficile à décrire; car les détails successifs tracés par l'écrivain ne peuvent présenter l'ensemble que nous expose le peintre, de manière à placer sous nos yeux les divers corps de bâtiments dont il reproduit les dispositions intérieures, ainsi que les deux principaux personnages et une troisième figure épisodique qu'il montre dans le lointain.

Quoi qu'il en soit, nous essayons de décalquer avec des mots et des phrases cette merveilleuse composition où Pieter de Hoogh a su faire contraster les jeux de lumière les plus piquants, s'est servi en maître des ressources de l'optique et de la perspective, et emploie habilement tous les secrets du clair-obscur; enfin, et sans diviser l'intérêt, associe à une admirable vue intérieure d'une riche habitation, ce qui se passe dans une rue voisine, aperçue par l'ouverture d'une porte, en mettant un second sujet dans son tableau.

Dans une pièce au rez-de-chaussée d'une riche habitation, près d'une porte ouverte qui laisse apercevoir l'architecture ornée du principal corps de logis, avec son vestibule central séparé par une cour dallée en marbre blanc et rouge, dans cette pièce se trouve une jeune et jolie Frisonne, vue presque de profil. Elle est coiffée d'un bonnet de soie noire, et vêtue d'un casaquin de velours noir, dont les basques cachent en partie un jupon en soie rouge, protégé par un petit tablier blanc. Elle se dispose à recevoir une corbeille contenant des pains que lui présente un jeune boulanger, dont la charmante figure est encadrée de longs cheveux lui tombant sur les épaules; il est vu de face, et porte un bonnet blanc, un casaquin de drap gris avec une braie de même couleur, ornée sur les bords de rubans aux nuances variées. Des bas gris et des souliers aux quartiers peu élevés complètent le costume coquet du jeune mitron.

A droite, un mur blanc, formant l'angle de la pièce où se trouvent les deux principaux personnages, est faiblement éclairé par les rayons du soleil qui y pénètrent à travers une fenêtre placée en face du spectateur; les vitraux de la partie supérieure sont ornés des armoiries des maîtres de la maison, et des rideaux oranges voilent le bas de cette fenêtre.

A la muraille, un peu plus à droite, pend un tableau. Enfin, pour défendre les pieds contre l'humidité, une planche est posée sur le parquet dallé en marbre gris et blanc; sur cette planche on voit une chaise en bois sculpté; le coussin de travail de la jeune Frisonne s'y trouve déposé.

Regardons de nouveau à gauche, par la grande porte ouverte, et à travers le vestibule de cette riche habitation, la vue plonge sur une autre maison, située dans une rue voisine, que traverse un canal bordé d'arbres. Là, on aperçoit une femme, appuyée sur la porte de son logis, et qui semble attendre le retour d'un messager.

Tous ces détails, si difficiles à décrire, le peintre les a rendus palpables, vivants; l'œil les embrasse dans leur ensemble, pour les examiner ensuite l'un après l'autre, afin d'en apprécier les charmes divers et pourtant harmonieux. C'est l'illusion poussée au degré le plus extraordinaire, surtout avec les contrastes d'ombre et de lumière, les effets de rayons de soleil qui se brisent, l'espèce de pénombre qui règne sur quelques points, enfin, avec cette dégradation de plans et de teintes qui fait comparer l'œuvre de l'artiste à un concert visuel sans aucune dissonance.

Hauteur 73 cent. Largeur 58 et 1/2 cent. Toile.

Décrit au *Catalogue raisonné* de Smith, vol. IV, p. 232, n° 45.

---

15. HOOGH (Pieter de).

SCÈNE D'INTÉRIEUR. 12,000

Dans un appartement dallé de marbre blanc et noir, se trouve une jeune femme à la brune chevelure dont les boucles retombent sur son fichu; elle a un chignon en plumes avec des boucles d'oreille et un collier en perles. Son casaquin de velours rouge laisse voir en partie un jupon de soie jaune, que protége un tablier blanc.

Sur ses genoux, un coussin de travail auquel est attaché une pièce de linge; elle interrompt sa couture pour écouter un cavalier placé en face, auprès d'une table à tapis vert où sont posés un livre et un papier. Ce cavalier lit à haute voix une lettre; il est assis et vêtu d'un justaucorps brun, avec des culottes courtes et des bas bruns, attachés sous les genoux par des jarretières enrichies de pierreries.

Un chapeau noir à galons d'or lui sert de coiffure, et sa main droite repose sur son genou, tandis que de l'autre main il tient la lettre qu'il lit à la jeune dame.

Celle-ci écoute, les mains croisées, dans l'attitude d'une attention profonde. Auprès d'elle un panier à ouvrage, et sur le parquet, du linge.

A droite du spectateur, un coffret en laque, puis la cheminée ornée d'un tableau et d'une potiche de Chine.

Au mur est accroché un autre tableau, représentant un paysage sous lequel se trouve une chaise.

La jeune dame est vivement éclairée par les rayons du soleil, dont la lumière se joue sur les dalles et sur le mur, en laissant le reste de l'appartement dans la pénombre, ce qui produit un effet magique. Quelques jets lumineux effleurent en partie le cavalier, par un contraste des plus piquants.

Sur une chaufferette, la signature : P. d. Hoogh.

Cette splendide peinture est une des plus remarquables de Pieter de Hoogh, tant sous le rapport de l'effet frappant de la lumière qui y règne que sous le rapport de l'exécution, qui est des plus soignée.

Hauteur 77 cent. Largeur 69 cent. Toile.

Décrit au *Catalogue raisonné* de Smith, volume IV, p. 232, n° 44.

---

16. LAIRESSE (Gérard de).

Né à Liége en 1640. — Mort à Amsterdam en 1711. (École flamande.)
Élève de son père, Renier de Lairesse.

PSYCHÉ SE PLAIGNANT A JUNON.

Sous le péristyle d'un temple que soutiennent des colonnes cannelées, d'ordre corinthien, Junon est assise sur un trône de marbre qui a pour base une plinthe ornée de bas-reliefs représentant une bacchanale. A ses pieds, l'Amour dort, appuyé sur un coussin.

A sa gauche, Psyché tient d'une main une urne, et de l'autre un serpent enlacé, emblème de l'éternité.

Au-dessus on voit l'aigle de Jupiter et une étoile. L'arc-en-ciel décrit son demi-cercle. Devant le trône, l'encens fume sur un trépied. Une femme avec un enfant et un vieillard, la tête appuyée sur les marches, puis une jeune fille et un jeune homme qui lui fait un geste pour lui recommander le silence. Une femme âgée contemple Psyché avec un sentiment d'extase. A l'entrée du temple, trois guerriers; un d'eux montre un tombeau.

Signé, sur un vase d'or, des initiales de l'artiste : G. L.

Hauteur 49 et 1/2 cent. Largeur 66 cent. Toile.

---

17. LEEUW (Pierre Van der).

Né à Dort en 1645. — Mort dans la même ville en 1705.
Élève de son père, Sébastien Van der Leeuw.

MARCHÉ AU BÉTAIL.

Sur une place publique, Van der Leeuw, l'habile imitateur d'Adrien Van de Velde, a représenté des troupeaux entiers de bêtes bovines attachés à des barrières établies pour un marché au bétail.

Au premier plan à gauche, près d'un groupe d'animaux gardés par un pâtre, on voit deux bœufs qui sont couchés sur le sol. Un marchand traite avec un boucher qui se dispose à lui frapper dans la main, en signe de convention conclue.

A droite, un autre boucher *tâte* un bœuf à la robe brune mouchetée de blanc.

On voit encore de nombreuses bêtes bovines dans différentes attitudes.

Au fond, à droite, s'élève l'entrée monumentale de la ville, puis un mur derrière lequel croissent des arbres. A gauche, diverses constructions.

Les productions de ce maître sont presque toujours attribuées à Adrien Van de Velde, duquel il se rapproche par une imitation qui garde pourtant un caractère d'originalité.

Hauteur 35 cent. Largeur 42 cent. Toile.

---

18. MIERIS (Frans Van) le fils.

Né à Leyde en 1689. — Mort dans la même ville, en 1763.
Élève de son père, Willem Van Mieris.

UNE FEMME S'OCCUPANT DE SA TOILETTE.

Une jeune et jolie personne, en douillette de velours vert et en jupon de soie jaune, assise, le bras droit appuyé sur une table que recouvre un tapis de velours cramoisi, d'une main démêle avec un peigne sa longue et brune chevelure, qu'elle tient de la main gauche.

Une duègne d'un âge respectable, qui se trouve derrière la jeune dame, semble chercher à la distraire en lui faisant une confidence à l'oreille.

On voit sur la table une lettre décachetée et une bouteille ; enfin, sur les genoux de la belle dame, est mollement posé un épagneul à la robe brune et blanche.

Dans le fond, un jardin où s'élève une statuette qui représente l'Amour avec ses attributs mythologiques.

Signé à gauche, dans la partie supérieure du tableau : F. Van Mieris, 1680. Ce panneau a été agrandi au moyen d'adjonctions carrées. En voici les dimensions actuelles.

Hauteur 24 et 1/2 cent. Largeur 19 cent. Bois.

---

19. NEEFS (Pieter).

Né à Anvers en 1570. — Mort dans la même ville en 1651. (École flamande.)
Élève de Hendrik Van Steenwijk.

INTÉRIEUR D'UNE ÉGLISE.

Vue de la nef principale d'une église de style ogival. On y remarque de nombreuses figures. Au premier plan, se trouvent des personnes distinguées, parmi lesquelles huit femmes en noir, qui suivent une servante portant un enfant enveloppé dans ses langes. Ce groupe se dirige vers une porte latérale, après avoir assisté à une cérémonie religieuse.

A droite, un ecclésiastique revêtu d'une aube se rend au sanctuaire. Des fidèles prient dans les nefs latérales.

Les colonnes des voûtes sont ornées de rétables servant d'autels, selon l'usage du xve siècle.

A gauche, on voit l'entrée des fonts baptismaux. A l'avant-plan, à droite, une pauvre femme et ses enfants sollicitent la charité.

Hauteur 33 cent. Largeur 44 cent. Bois.

---

20. NEER (Aart van der).

Né à Amsterdam en 1619. — Mort dans la même ville en 1683.

CANAL GLACÉ. SITE HOLLANDAIS.

A gauche et à droite d'un canal couvert d'une épaisse couche de glace, et que bordent des arbres de haute futaie, s'élèvent des villages; on aperçoit se prolongeant au loin, des clochers, des maisons, un moulin à vent.

On voit aussi à droite trois grands arbres et une barrière, tandis qu'à gauche des roseaux occupent le premier plan. Plus loin se trouve une ferme dont la porte est entr'ouverte.

A l'avant-plan, s'étend une berge en partie couverte de neige, à laquelle se trouve amarrée une barque prise entre les glaçons.

Au centre, de nombreux personnages animent les eaux glacées du canal; parmi eux plusieurs gentilshommes jouant à la crosse, distraction favorite des Hollandais. Un homme vu de dos, sans doute un haut dignitaire, examine la partie engagée. A côté, se trouve le lanceur de boule en veste rouge.

Deux gentilshommes en manteau, l'un jaune, l'autre noir, causent avec une dame.

Un beau ciel d'hiver éclaire, en la complétant, cette œuvre d'élite.

A droite, sur la berge, sont inscrites les lettres initiales du nom de l'artiste.

Hauteur 60 cent. Largeur 75 cent. Toile.

21. NEER (Églon Van der).

Né à Amsterdam en 1643. — Mort à Dusseldorf en 1703.
Élève de son père, Aart Van der Neer et de Jacob Van Loo.

INTÉRIEUR HOLLANDAIS. LA DAME ET SA SUIVANTE.

Une dame, en costume élégant et riche, avec corsage décolleté en satin blanc à manches bouffantes et portant une jupe de soie jaune, cause avec une jeune et jolie suivante qui lui apporte une aiguière posée sur un plateau d'argent.

La dame est assise sur un fauteuil garni de velours rouge; elle tourne le dos au spectateur; sa blonde chevelure, relevée en bandeaux, est entrelacée de rubans bleus et de perles. De la main droite, elle vient de poser une mandoline sur une table que recouvre un riche tapis de Smyrne; et, de la main gauche, elle semble indiquer à la suivante un objet à prendre.

Celle-ci, vue de face, a la chevelure noire; elle est vêtue d'un corsage en soie brune à manches, et porte une chemisette en mousseline.

Dans le fond, une somptueuse tapisserie décore le mur, et, par une fenêtre cintrée qui a pour ornements de riches cariatides, on aperçoit un château.

Le caractère des draperies, la manière dont le peintre les a rendues, rappellent la finesse d'exécution de Terburg. Ce tableau mérite d'être considéré comme le chef-d'œuvre d'Églon Van der Neer, et la rareté des compositions de cet artiste augmente l'importance de celle-ci.

Hauteur 42 cent. Largeur 34 cent. Toile.

Ce tableau provient du cabinet de feu M. Gildemeester, à Amsterdam, 1800, et de celui de M. Jean Golle Franckenstein, Amsterdam, 1833.

Décrit au *Catalogue raisonné* de Smith, volume IV, p. 174, n° 17, et au *Supplément*, p. 548, n° 3.

22. NETSCHER (Gaspard).

Né à Heidelberg en 1639. — Mort à La Haye en 1684.
Élève de Koster et de Gérard Terburg.

PORTRAIT DE FEMME. 2,280

Une jeune et jolie femme, aux cheveux bouclés, d'un ton châtain, ornés de perles et couronnés de lauriers, porte un peignoir en batiste à petits plis et à larges manches qui découvre en partie son sein. Elle a, de plus, un corsage brun retenu sous les bras par des bretelles rehaussées de pierreries; les manches sont également relevées à l'aide d'un bracelet semblable aux bretelles. Sur l'épaule droite de cette jeune femme, un châle de soie rose broché d'or recouvre à demi le bras.

Elle tient de la main gauche un rouleau de papier, et la main droite vient s'appuyer sur l'autre bras, soutenu par une plinthe où l'on voit un groupe antique représentant l'enlèvement d'une Sabine par un Romain.

Au pied de ce groupe, une palette chargée de couleurs et de pinceaux indique, de la part de Netscher, l'intention de représenter une artiste célèbre du temps du règne de Louis XIV.

Le fond a pour ornement un rideau entr'ouvert par lequel on aperçoit le ciel et un horizon de montagnes.

Exécution très-soignée.

Sur la tablette à droite, signé : G. Netscher *fec.*, 1676.

Hauteur 30 cent. Largeur 24 cent. Cuivre.

23. OSTADE (Isack Van).

Né à Lubeck en 1617. — Mort à Amsterdam en 1671.
Élève de son frère, Adriaan Van Ostade.

VUE D'UN VILLAGE.

A la porte d'une auberge de village est arrêté un traineau attelé d'un cheval brun. Deux brasseurs en déchargent des tonneaux, et sur le seuil de la porte, le maitre du logis les surveille.

A droite, près de l'avant-plan, un jeune garçon descend à la cave, portant à la main une cruche en grès.

Au premier plan, un coq, des poules, un tonneau vide et une cage.

Plus loin, une marchande de poissons et de légumes établit son échoppe.

Devant elle se trouvent un villageois, achetant des provisions, et des enfants; l'un d'eux a un chien caniche; enfin un vieillard infirme, appuyé sur des béquilles, s'avance vers le spectateur.

Dans le fond, un charlatan monté sur des tréteaux cherche à faire acheter ses drogues par des campagnards.

Dans le lointain, on voit le clocher du village et différentes habitations.

Au premier plan à gauche, près d'un puits, deux chiens se disputent quelques débris.

La maison qui sert d'auberge est ombragée par des pampres de vigne, de l'effet le plus pittoresque. A la porte sont suspendus un cercle de tonneau, une canette et un panier à poules. Un arbre qui s'élève près de la seconde entrée ombrage une partie de la maison au toit de chaume, et sur la cheminée perche une grue.

Au-dessus de l'auvent on voit un pigeonnier.

Le soleil projette la douce clarté de ses rayons sur l'auberge, en éclairant les deux brasseurs et le cheval.

Sur le terrain à droite, la signature : ISACK VAN OSTADE, 1645.

Une ordonnance pittoresque, beaucoup de variété dans les attitudes des personnages et l'expression de leur physionomie, un coloris plein de chaleur et de transparence, résultat de glacis judicieusement employés, une grande puissance de ton, enfin une touche à la fois ferme et moelleuse, classent cette production parmi les plus précieuses du célèbre artiste, qui se montre là avec toutes ses qualités.

Hauteur 65 cent. Largeur 58 cent. Bois.

Décrit au *Supplément du Catalogue raisonné* de SMITH, page 132, n° 32.

---

24. OSTADE (ISACK VAN).

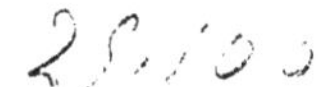

HALTE DE VOYAGEURS.

Un chariot attelé de deux chevaux, l'un blanc, l'autre brun, vient de s'arrêter à la porte d'une auberge de village, pour laisser reposer les deux bêtes stationnant près d'une mangeoire, tandis qu'un domestique s'apprête à leur donner à boire.

Un jeune homme aide à descendre du chariot une dame vêtue de noir avec une collerette blanche rabattue ; en se levant, elle s'appuie sur la croupe du cheval brun.

Un gentilhomme assis dans le chariot, une pièce de monnaie à la main, se dispose à faire l'aumône à un mendiant qui lui tend son chapeau pour solliciter la charité du voyageur.

Au premier plan, deux enfants assis causent avec une petite fille debout, ayant un chien près d'elle.

Sous un arbre, un vieux buveur tient son verre de la main droite et parle à un musicien qui joue de la vielle, tandis qu'à ses pieds on voit une cruche en grès blanc. Un paysan, placé derrière, semble attentif à la conversation, et le maître du logis, appuyé sur la clôture d'une tonnelle, paraît, ainsi qu'un jeune garçon, écouter le musicien.

A gauche, un marchand ambulant s'appuie au dos de son étal; tout près, une femme tient par la main un enfant dont elle guide les premiers pas. A côté d'eux se trouve un mendiant.

A l'arrière-plan, une de ces voitures que l'on appelait un *coche*, stationne sous un massif d'arbres; des valets donnent à manger aux chevaux. Plus loin, l'église du village avec son clocher.

Un coq, deux poules, et divers accessoires complètent, au premier plan, cette composition remplie de mouvement.

Le soleil, dont les rayons filtrent à travers les arbres, répand sur ce tableau une lumière douce et tranquille, qui en complète les harmonies.

Hauteur 63 cent. Largeur 85 cent. Bois.

Supplément du Catalogue raisonné de Smith, page 134, n° 36.

---

25. OSTADE (Adrien Van).

Né à Lubeck en 1610. — Mort à Amsterdam en 1685.
Élève de Frans Hals.

VUE EXTÉRIEURE D'UNE FERME. 3.800

Dans la cour d'une ferme, une jeune femme est occupée à nettoyer du poisson sur une planche que supporte un tonneau. A côté d'elle se trouve un seau surmonté d'une passoire contenant un églefin. Les regards de la femme sont fixés sur un chat auquel elle a jeté quelques débris de poisson.

La jeune ménagère a la tête couverte d'un linge blanc; elle porte une robe rouge à manches jaunes; cette robe, à demi relevée, laisse voir un jupon de laine ; aux bras, des manchettes vertes, une escarcelle qui pend attachée, annonce la maîtresse de la maison.

Contre le mur de la ferme se trouvent des planches chargées d'ustensiles de ménage ; on voit aussi d'autres accessoires accrochés à ce même mur ; et plus bas, un pot, une pinte, une cuiller.

A droite, dans le fond, des habitations ; et près d'une palissade en planches, un petit garçon cause avec une petite fille ; auprès d'eux, se trouve un chien.

Hauteur 43 cent. Largeur 35 cent. Bois.

Décrit au *Supplément du Catalogue raisonné* de SMITH, page 116, n° 124.

---

26. PAPE (ADRIEN DE).

Florissait au XVIIe siècle à Amsterdam.

TYPES HOLLANDAIS.

Un vieillard, portant barbiche et moustache grisonnantes, vêtu d'une pelisse fourrée de couleur brune, ayant une ample collerette plissée qui lui retombe sur les épaules, la tête coiffée d'un grand feutre, est assis à gauche, au premier plan, avec le pied droit appuyé sur la barre inférieure d'une table garnie d'un pot de bière, d'une assiette contenant des harengs, d'un verre et d'un couteau. Il est posé en face du spectateur, et de la main droite il tient sa pipe, qu'il rallume à l'aide d'un charbon retiré du foyer. Sa main gauche est armée des pincettes.

A droite, au fond, se trouve un escalier près duquel un autre vieillard passe la main sous le menton d'une femme d'un certain âge.

Hauteur 30 cent. Largeur 23 cent. Bois.

---

27. POTTER (Paul).

Né à Enkhuizen en 1625. — Mort à Amsterdam en 1654.
Élève de son père, Pieter Potter.

BERGERS PRENANT LEUR REPAS.

A gauche s'élève une cabane en planches qui sert de bergerie, et dont le toit, formé en partie de chaume et de branches entrelacées, est soutenu par un arbre mort, dépouillé de feuilles.

Auprès de la cabane, un petit monticule sur lequel se trouve une roue de charrette. Dans la bergerie est couché un mouton à la robe brune, faiblement éclairé par un rayon de soleil qui filtre à travers une ouverture de la cloison.

A l'entrée, un pâtre en casaque jaune à manches de nuance différente, avec une culotte courte de couleur grise, les jambes nues, est assis sur un tronc d'arbre renversé. A ses pieds gît sa houlette. De la main gauche appuyée sur son genou, il tient une tranche de pain et son couteau ; sa main droite levée agace un petit chien assis sur son derrière et les pattes de devant levées avec un morceau de pain sur le nez, le regard fixé sur son maître dont il attend le signal et les ordres en animal savant.

A côté, et à demi caché par le tronc d'arbre, un autre pâtre en casaquin rouge, coiffé d'un chapeau de paille, mange tranquillement, tout en examinant son compagnon et les exercices du chien.

Autour du verger, une haie en clayonnage avec des arbustes au-dessus desquels se dresse un jeune chêne ; un mouton et un bélier animent cette partie du paysage.

A droite, sur une riche et verte pelouse, on voit une vache à la robe rousse, tachetée de plaques blanches ; elle est couchée et rumine paisiblement ; derrière et debout, une autre vache, de couleur rousse, la tête tournée vers la droite, dans le sens contraire ; un vieux cheval au poil qui grisonne, la tête penchée, et comme accablé de fatigue, complète cet admirable tableau, vivement éclairé par un large rayon de soleil et saisissant de vérité, tellement la finesse de l'exécution rivalise avec la nature.

Plus loin, à droite, au pied d'une colline, trois hêtres s'élèvent majestueusement ; enfin, à l'extrémité, un chasseur poursuit un lièvre avec deux chiens.

Un ciel légèrement touché, à demi couvert par les vapeurs de l'atmosphère durant une belle journée d'automne, jette une lumière charmante sur cette magnifique composition, un des chefs-d'œuvre de Paul Potter.

Sur une planche de l'intérieur de la cabane se trouve la signature :

Paulus Potter, 1648.

Hauteur 37 et 1/2 cent. Largeur 42 cent. Bois.

Provenant de la collection Cauwervin, Leyde, 1768.

Catalogue raisonné de Smith, vol. V, page 123, n° 9.

---

28. POTTER (Paul). 35,000

ANIMAUX EFFRAYÉS PAR L'ORAGE.

Au premier plan, à gauche, sur un terrain élevé, où se trouvent disséminées quelques touffes d'herbes, auprès d'un clayonnage en osier, se sont réfugiés deux vaches et un taureau, cherchant à se mettre à l'abri de l'orage. Une des vaches, à la robe blanche, est couchée sur le sol, le pied droit plié sous son corps, l'autre tendu en avant. Elle est fortement éclairée par un rayon de soleil qui passe à travers le feuillage des arbres.

Auprès de cette vache, dans la demi-teinte, se trouve le corps d'un taureau debout, qui relève son muffle frappé par les rayons du soleil, éclairant aussi la vache ; il beugle, épouvanté par l'approche de l'orage.

A côté, s'appuie contre un tronc d'arbre une vache que l'on aperçoit en raccourci, vue de dos. Sa robe, d'un jaune roux, est éclairée sur quelques points par les rayons de soleil et par les reflets de la lumière que répercute la vache blanche.

A l'avant-plan, à droite, un fragment d'arbre brisé, quelques fleurs et des plantes vivaces. Dans le lointain, une vache continue tranquillement à paître, malgré la violence de la pluie.

Le ciel est chargé de lourds nuages, précurseurs de la tempête. Le soleil ne perce qu'avec peine ce rideau qui semble s'épaissir.

Effet saisissant, tableau de la meilleure manière du maître, aussi admirable par l'exécution que par la finesse des détails merveilleusement rendus, enfin digne en tous points de l'œuvre précédente du même artiste.

Signé : PAULUS POTTER, 1650.

Hauteur 32 cent. Largeur 28 cent. Bois.

---

29. REMBRANDT. 26,000

Né à Leyde en 1608. — Mort à Amsterdam en 1669.
Élève de Jacob Isaakszoon Van Swanenburg, de Pieter Lastman et de Jacob Pinas.

PORTRAIT D'HOMME.

Figure fortement caractérisée. La lèvre supérieure porte une moustache grise ainsi que la barbiche du menton ; la bouche entr'ouverte, comme pour parler, laisse voir une des dernières dents incisives.

Sur la tempe droite retombe une mèche de cheveux qui couvre un peu l'oreille.

Un feutre à larges bords, orné d'une tresse de velours, achève de relever des traits mâles, énergiques, fortement éclairés du côté de la joue droite; une collerette à rabat tombe sur la poitrine en encadrant le visage.

Le soleil laisse dans l'ombre tout une partie de la tête.

Les arcades sourcilières bien prononcées et le front sillonné de plis annoncent un penseur.

Ce personnage est vêtu d'un pourpoint de drap noir. Sur l'épaule droite, un manteau est jeté avec une négligence pittoresque.

Dans ce portrait saisissant de vérité, la magie du clair-obscur est portée au plus remarquable degré de perfection; la touche en est large et empâtée; il est peint dans la plus grande force de l'artiste. Du reste, le meilleur éloge à en faire c'est de le comparer pour l'exécution à un des chefs-d'œuvre du même maître, la célèbre *Ronde de nuit,* qui se trouve au Musée royal d'Amsterdam.

Signé : REMBRANDT, 165... f. — Le dernier chiffre est invisible.

Hauteur 76 et 1/2 cent. Largeur 63 cent. Toile.

Décrit au *Catalogue raisonné* de SMITH, volume VII, p. 119, n° 328.

---

50. **REMBRANDT.**

PORTRAIT D'UN JEUNE GARÇON.

Voici une composition qui appartient à la seconde époque du grand artiste, et qui rappelle par le faire le célèbre *Portrait de jeune homme,* un des trésors du Musée royal de La Haye.

C'est un jeune garçon à la blonde chevelure que nous montre Rembrandt. Il est coiffé d'une toque en velours pourpre ornée d'une plume avec une agrafe en pierres fines; autour de la toque, une rangée de perles; aux oreilles, des boucles également en perles; et comme pour s'harmoniser avec tout ce miroitement, une écharpe en soie grise, brochée d'or, couvre à demi le cou. Un pourpoint de velours rouge complète cette pittoresque parure, et sur la poitrine tombe une chaîne d'or enrichie de pierreries.

Tout le côté droit de la tête se trouve vivement éclairé par les rayons du soleil, tandis que le peintre a laissé dans la demi-teinte la joue gauche qu'encadre une longue mèche de cheveux, dans sa chute gracieuse sur l'épaule.

Cette figure bien caractérisée, qui se détache sur un fond gris, chaudement peint, produit un effet ravissant; c'est la nature et la vie, grâce à ce magique secret du clair-obscur, avec ces contrastes de lumière et d'ombre, dont Rembrandt n'a jamais poussé plus loin la puissance. On croit que ce portrait représente un fils de l'artiste.

A droite, la signature : Rembrandt f., 1633.

Hauteur 44 cent. Largeur 33 cent. Ovale. Bois.

---

51. RUBENS (Pierre-Paul).

Né en 1577 à Cologne, ou à Siegen, dans le comté de Nassau, suivant des documents puisés dans les archives de la maison d'Orange et publiés, en 1853, par M. Backhuizen Van den Brinck, archiviste de La Haye. — Mort à Anvers en 1640. (École flamande.) Élève d'Adam Van Noort et d'Otto Van Veen ou Venius.

ALLÉGORIE REPRÉSENTANT L'ENTRÉE DE HENRI IV A PARIS.

Sur un char traîné par quatre chevaux blancs, Henri IV debout, une branche d'olivier à la main, est couronné par la Victoire.

Devant le char marchent des trompettes, puis des guerriers portant des trophées formés de la cuirasse, du bouclier, du casque du héros ; derrière ces groupes, les emblèmes des villes qu'il a conquises, personnifiées par des bustes de femmes dont la tête est couronnée.

Près du char, au premier plan, le drapeau royal de la France, l'oriflamme blanche portée par des guerriers revêtus de leur cuirasse et le front ceint de lauriers.

Une figure symbolique conduit le char, et les chevaux sont dirigés par une autre création allégorique, représentant le génie de la monarchie française, le casque en tête. Auprès du char marchent des jeunes gens portant des flambeaux, et derrière, viennent les vaincus chargés de liens.

A droite, au fond, une des portes de Paris.

Cette composition est animée par vingt et une figures, sans y comprendre les chevaux.

Esquisse très-rare dans l'œuvre de Rubens, d'une exécution splendide, elle appartenait à une série de sujets qui devaient, dans la pensée du grand artiste, compléter la galerie de Marie de Médicis, et qui n'ont pas été reproduits en tableaux.

Hauteur 20 et 1/2 cent. Largeur 35 et 1/2 cent. Bois.

---

32. RUISDAEL (Jacques).

Né à Harlem en 1635. — Mort dans la même ville en 1681.

VUE D'UNE ÉCLUSE EN HOLLANDE.

L'artiste met sous nos yeux une de ces nombreuses écluses, destinées à retenir les eaux intérieures de la Hollande. Au centre de ce tableau, encadrée d'arbres aux rameaux touffus qui lui servent de parure verdoyante, s'élève l'écluse d'un canal qui va de droite à gauche.

Un terrain montant et sablonneux, bordé d'arbustes, aboutit à un pont construit en pierres et en briques ; au fond se dresse une barrière en bois; sur ce pont se trouve établie l'écluse, dont les vannes en planches, presque ouvertes et le treuil soutenu par de forts madriers, s'élèvent à gauche. Le radier est presque entièrement caché par des arbustes qui croissent auprès du treuil.

Les rayons du soleil frappent vivement cette partie du tableau.

A gauche, au premier plan, court le chemin qui mène à l'écluse. Là, un chêne domine majestueusement un massif d'arbres, parmi lesquels les fleurs blanches du sureau contrastent avec les différentes nuances de la végétation qu'elles égayent.

A droite, sur un plan moins élevé, s'étend une prairie où paissent trois moutons, dont le gardien pêche dans le canal contigu, que des barrières en bois séparent de la prairie.

L'horizon est circonscrit des deux côtés par des saules, et les nuages répandus dans l'atmosphère donnent au ciel cet aspect magique, un des attributs du talent de Ruisdael qui, avec Hobbema, a su le mieux rendre ce genre d'effets, en rivalisant avec la nature. Ce tableau, saisissant de vérité, merveilleux d'exécution, mérite de figurer parmi les meilleures productions du maître. Il est signé R. au bas du terrain, à gauche.

Hauteur 38 et 1/2 cent. Largeur 55 cent. Bois.

33. **RUISDAEL (JACQUES).**

VUE DU CHATEAU DE BENTHEIM.

Au centre de la composition, sur des rochers élevés, se dresse, majestueuse, une imposante construction féodale, le château de Bentheim. A ses pieds s'étend une forêt où l'on aperçoit quelques habitations; et dans le fond, à droite, sur une hauteur, un moulin à vent; puis des montagnes qui terminent l'horizon.

Au premier plan, à gauche, sur le bord d'un chemin sablonneux qui s'élève entrecoupé de ronces et de gazon, et borné par des fragments de rocher, pour aboutir en tournant à la forêt, on voit deux habitations rustiques d'un aspect pittoresque, l'une à droite du chemin recouverte de tuiles, l'autre à gauche, avec une toiture en ardoises.

Sur le chemin, un homme et une femme qui descendent de la montagne; et plus au premier plan, un berger arrêté auprès d'un fardeau qu'il a déposé à terre.

Au pied du château, deux personnages se promènent gravement sur la route.

A travers un rideau d'épais nuages, percent les rayons du soleil qui éclairent vivement les ruines du château de Bentheim, en produisant un effet aussi puissant qu'harmonieux.

Au bas du chemin, est le monogramme : JR.

Hauteur 37 cent. Largeur 45 cent. Toile.

Ce tableau provient de la collection Roothaan, Amsterdam, 1826.

Décrit au *Catalogue raisonné* de SMITH, volume VI, p. 74, n° 233.

54. RUISDAEL (Jacques.)

PAYSAGE. — SITE PRIS EN NORWÉGE. 12 100

Au premier plan s'élèvent des massifs de rochers, desquels tombe une cascade dont les eaux forment en avant une immense nappe écumante qui ressemble à un bassin agité.

Le second plan est occupé par des montagnes aux sommets couronnés de chênes et de mélèzes, dont les troncs tortueux attestent la violence des vents.

Au bas de la montagne, située à gauche, près d'un vieux chêne que la tempête a brisé et renversé sur le sol, un chevrier poursuit une chèvre qui fuit, capricieuse, loin du troupeau. Çà et là sont dispersées les autres chèvres; elles broutent paisiblement ou bien sont couchées.

A droite, s'étend une forêt profonde aux épais massifs d'arbres; une éclaircie permet d'apercevoir un horizon de montagnes, et dans le ravin, des bergers et des bergères, montés sur des bœufs, font passer un gué à leurs troupeaux qu'un pâtre chasse devant lui.

Entre des rochers croissent des roseaux et des plantes, dont les fleurs égayent un peu cette végétation septentrionale, qu'éclaire un ciel chargé de vapeurs, à travers lesquelles perce une douce lumière, dont le charme anime tout le paysage.

Les figures et les animaux sont l'œuvre de Nicolas Berchem.

Le maître a surtout visé à la vigueur pour rendre fidèlement cette nature imposante ; tout y contribue, et le ton du ciel, et les nuages, et les rochers et les eaux qui, tombant en cascade ou développées en nappe, sont bien dignes du pinceau de Ruisdael.

Hauteur 64 cent. Largeur 74 cent. Toiles.

Décrit au *Catalogue raisonné* de SMITH, vol. VI, page 74, n° 232.

---

35. RUISDAEL (JACQUES.)

MER HOULEUSE. 4,900

A l'avant-plan, une estacade et des pilotis contre lesquels se brisent, en les couvrant d'écume, les vagues d'une mer agitée.

Au centre du tableau, un bateau à voile rouge, manœuvré par trois marins, s'éloigne poussé par une forte brise qui souffle de terre.

Plus loin, une autre embarcation, mais à la voile blanche, est vivement éclairée par les rayons du soleil ; l'équipage tourne la voile pour se remettre sous le vent.

A droite, d'autres bateaux voguent à pleines voiles.

Dans le fond, à gauche, s'élèvent le clocher et les maisons d'une ville vers laquelle se dirige un bâtiment.

A travers un épais rideau de nuages qui cache à demi le ciel, s'échappent par intervalle quelques rayons d'un pâle soleil dont les teintes, se combinant avec le vol pesant des mouettes rasant les vagues, font pressentir l'approche d'une tempête.

On sait combien sont rares les marines de Ruisdael. Celle-ci, par sa puissance d'effet ainsi que par le mérite de l'exécution, réveille le souvenir du chef-d'œuvre de ce maître, qui figure avec tant d'éclat au Musée impérial du Louvre, à Paris.

Hauteur 50 cent. Largeur 65 cent. Toile.

---

56. STEEN (Jean). 22,500

Né à Leyde en 1626. — Mort dans la même ville en 1679.
Élève de Nicolaas Knuffer, d'Adriaan Van Ostade et de Jan Van Goien.

UN INTÉRIEUR.

Dans une chambre, qui semble convenir à un artisan, Jean Steen s'est représenté, vêtu d'un justaucorps et d'une culotte à crevés, tenant d'une main un hareng, de l'autre deux ciboules, qu'il montre en riant et en tirant la langue à une jeune et jolie femme. Celle-ci est habillée d'un casaquin de velours rouge et d'une robe décolletée en soie de couleur changeante, avec un tablier blanc. Elle a pour coiffure un bonnet frison.

La jeune femme regarde Jean Steen en souriant, tandis qu'une servante debout auprès de sa maitresse et qui tient un pot d'étain, éclate de rire.

Un homme placé derrière les deux femmes leur adresse gaiement des signes d'intelligence. Sur le devant du tableau, un homme assis, la tête baissée, rit sous cape, en épluchant des noix; il est coiffé d'un chapeau en feutre noir, dans le cordon duquel est fixée une pipe. Un pourpoint de soie et un pardessus également en soie, de nuance jaune, complètent son costume.

Il y a encore un personnage vu de dos qui regarde par la fenêtre. A terre, un pot de bière, une chaufferette garnie de feu et un chien qui aboie. Un lit à quatre colonnes occupe le fond de la chambre; au plancher, on voit une sonnette, et de plus, à l'extrémité de la pièce, un lit avec des rideaux verts.

Tous les personnages de cette délicieuse composition semblent vivre et se mouvoir; on devine leurs pensées, et ce qui se passe au fond de leur âme se révèle au spectateur.

Cette œuvre, de la meilleure époque de Jean Steen, peinte dans le style de Metsu, est reconnue comme une des plus belles productions de l'artiste.

Ce tableau a été gravé dans la collection Poullain par Delignon.

Signé à droite, dans le bas : J. Steen.

Hauteur 79 cent. Largeur 64 cent. Toile.

Ce tableau provient des collections Van der Dussen, Amsterdam, 1774; Nieuhoff, Amsterdam, 1777; Poullain, Paris, 1780; De Clene, 1786.

Décrit au *Catalogue raisonné* de Smith, vol. IV, page 11, n° 34.

---

57. TENIERS (David).

Né à Anvers en 1610. — Mort à Bruxelles en 1694. (École flamande.)
Élève de son père, David Teniers, d'Adriaan Brouwer et de Pierre-Paul Rubens.

VUE INTÉRIEURE D'UNE COUR DE FERME.

Au premier plan, on voit une vieille femme assise sur un escabeau, et sérieusement occupée de la toilette d'un chat favori. Une robe bleue, et sa coiffure, un bonnet blanc, annoncent une matrone rustique.

Auprès d'une palissade se trouve un puits sur le bord duquel est posée une cruche en cuivre. Plus bas, à terre, une cuve où l'on distingue un pot à beurre renversé. Un autre escabeau est surmonté d'un paquet de linge, tandis qu'un vase de grès et une brouette au repos, les bras sur le sol, complètent ces accessoires saisissants de vérité, et qu'anime un cochon qui stationne auprès d'une clôture en planches.

Le fond, que l'on aperçoit dans la pénombre, contrastant avec la lumière qui éclaire le premier plan de gauche à droite, se termine par des arbres. A gauche s'élève la ferme, et l'on remarque une série de toits à porcs avec une auge.

Hauteur 48 cent. Largeur 62 cent. Bois.

38. **TENIERS (Abraham).**

Né à Anvers en 1608. — Mort dans la même ville en 1671. (École flamande.)
Élève de son père, David Teniers, le vieux.

KERMESSE FLAMANDE.

C'est aux environs de Perck que se passe la fête. Devant la porte d'un cabaret, non loin d'une ferme, un joyeux villageois, en jaquette et coiffé d'un béret rouge, danse une bourrée avec une paysanne. L'orchestre se compose d'un joueur de vielle et d'un jeune homme qui l'accompagne avec un triangle.

A gauche, sont attablés des paysans qui boivent à la santé des deux danseurs, dont ils admirent la grâce rustique et l'entrain.

Plus avant, une servante puise de l'eau. A droite, derrière le musicien et près de la ferme, un groupe de trois villageois qui causent gravement.

Au premier plan, une bonne et prudente ménagère entraine son mari dont la boisson a suscité l'humeur belliqueuse. D'autres personnages animent encore cette charmante composition.

Dans le fond, s'élèvent le clocher de l'église de Perck, un monument funéraire et quelques habitations.

Hauteur 43 et 1/2 cent. Largeur 62 cent. Bois.

---

39. **TOL (Dominique Van).**

Élève de Gérard Dov.

LA LECTURE PIEUSE.

Dans un intérieur propre et décent, qui rappelle les mœurs austères des anciens Hollandais, une vieille femme assise, avec des besicles sur le nez, a la tête couverte d'un linge blanc, dont les bouts noués lui tombent sur le dos.

Une ample chemisette plissée recouvre à demi son casaquin de velours noir à manches mi-parties rouges et à manchettes noires. Elle porte un tablier en cotonnade bleue.

Sur les genoux de cette femme est étalé un large et vaste in-folio, dont la lecture absorbe toute son attention.

Tableau d'une exécution soignée et d'une belle qualité, que Van Tol a traité en maître, tout en se montrant le digne disciple de Gérard Dov.

Hauteur 26 cent. Largeur 20 cent. Bois. Forme cintrée.

---

40. ULFT (JACOB VAN DER).

Né à Gorinchem en 1627.

600

PORT DE MER DU LEVANT.

A droite, au premier plan, près d'un portique dans le style corinthien, trois négociants débattent les conditions d'un marché. Plus à gauche, deux esclaves apportent un coffre.

Au centre, un personnage de distinction, vêtu de noir et coiffé d'un feutre, sans doute un noble vénitien, est auprès d'une dame assise ; ils examinent des étoffes que leur présente un Arménien.

Derrière, sur une élévation, se trouve un groupe de trois personnes qui causent, tandis qu'un jeune homme conduit par la bride une haquenée portant une dame que précède un autre cavalier, entrant dans la ville.

A gauche, le port qu'animent des navires ; au fond, des monuments et des ruines.

Hauteur 24 et 1/2 cent. Largeur 28 et 1/2 cent. Bois.

---

41. VELDE (Willem Van de).

Né à Amsterdam en 1633. — Mort à Londres en 1707.
Élève de son père, Willem Van de Velde, et de Simon de Vlieger.

INCENDIE DU *CHATHAM*.

Nous sommes en face du chef-d'œuvre de Willem Van de Velde, magnifique composition bien chère au patriotisme hollandais, et qui dans le monde des arts a droit à des lettres de noblesse.

L'artiste a représenté en maître un des plus glorieux épisodes de la mémorable bataille navale, qui dura trois jours, entre les flottes hollandaise et anglaise, sans amener de résultat décisif, tout en fournissant aux deux pavillons une illustration méritée, une ample moisson de lauriers.

Van de Velde a choisi l'instant où un brûlot hollandais, la *Fortune,* s'accroche au flanc du vaisseau anglais *le Chatham,* à la carène magnifiquement sculptée, pour lui communiquer le feu qui va dévorer ce beau bâtiment, sur lequel l'amiral Robert Black avait arboré son pavillon.

L'équipage anglais fuit épouvanté devant l'invasion du fléau qu'il ne peut combattre ; des matelots se jettent dans les chaloupes placées à l'arrière du *Chatham;* d'autres marins couvrent le pont, en attendant des secours, tandis que l'incendie poursuit son œuvre de destruction.

Plus loin, à gauche, le vaisseau hollandais, *les Sept-Provinces* , sur lequel l'illustre Ruyter a arboré son pavillon d'amiral, vient de couler sous un feu meurtrier un bâtiment qui s'enfonce par degrés dans l'abîme ; des chaloupes cherchent à recueillir l'équipage anglais. Au fond, à travers une épaisse fumée, on entrevoit les lignes des deux escadres poursuivant leur terrible lutte.

A droite, on voit une chaloupe qui fait force de rames ; elle est chargée des intrépides marins hollandais qui ont attaché leur brûlot au flanc du *Chatham.*

Dans le fond se trouve un vaisseau embrasé, il n'en reste plus que la coque ; en arrière, un bâtiment hollandais s'est frayé un passage à travers la ligne ennemie, après avoir presque entièrement désemparé un vaisseau de haut bord sous une grêle de boulets. Çà et là flottent des épaves sur la mer à demi agitée par une légère brise, pendant que quelques légers nuages voilent le ciel.

Cette belle page, une des plus précieuses et des plus capitales de l'œuvre de Willem Van de Velde, convient tout à fait à une galerie nationale.

Sur une bouée flottante, le monogramme : W. V. V.

Hauteur 85 cent. Largeur 1 mètre 10 cent. Toile.

Ce tableau provient de la collection de M. J. A. Brentano, 1822.

Décrit au *Catalogue raisonné* de Smith, volume VI, p. 349, n° 108.

---

42. · VELDE (Willem Van de). 32,000

ENTRÉE D'UN PORT.

Cette marine, chef-d'œuvre de Willem Van de Velde, représente, par un temps calme, l'entrée d'un port. A peine une légère brise agite-t-elle les voiles des bâtiments.

A gauche, stationne une frégate portant le pavillon hollandais. La poupe, tournée vers le spectateur, est richement décorée de sculptures et de statuettes. On aperçoit quelques matelots dans les agrès.

Plus loin, on distingue en partie un autre navire de guerre.

A droite, au premier plan, deux bateaux de pêche, dont un cargue ses voiles, tandis que de son côté se dirige une chaloupe manœuvrée par des matelots et portant des passagers.

Un peu en arrière, une embarcation prend le large, et des bateaux de pêche rentrent dans le port, dont on voit l'estacade.

En arrière, s'élèvent les mâts de nombreux bâtiments.

Au fond, la mer est animée par des navires qui voguent en divers sens.

A gauche, en avant, dans une chaloupe, se trouvent trois pêcheurs; l'un rame vigoureusement, les autres retirent leurs filets.

Enfin, à l'avant-plan, un banc de sable sur lequel est déposée une bouée en guise de signal, pour indiquer aux marins l'existence d'un danger.

Un ciel d'une admirable sérénité se reflète dans le miroir des flots, de manière à produire la plus douce illusion.

Le grand artiste a su, dans des dimensions restreintes, reproduire en maître l'aspect d'une mer tranquille, en indiquant le mouvement encore imperceptible de la marée montante, le long des côtes; en même temps, il a donné à la splendeur d'un ciel vaporeux un ton argentin, impossible à décrire.

Sur le banc de sable, à gauche, se trouve la signature : W. V. VELDE, 1655.

Hauteur 30 cent. Largeur 36 cent. Bois.

Ce tableau provient de la collection Tolozan, Paris, 1801.

Décrit au *Catalogue raisonné* de SMITH, volume VI, p. 331, n° 37.

43. VELDE (WILLEM VAN DE).

MARINE PAR UNE MER HOULEUSE. 8,500

A gauche, un bateau avec voile jaune, portant le pavillon hollandais, cingle vers le port, poussé par une forte brise; il traine après lui sa chaloupe. En arrière, mais à une grande distance, viennent deux autres barques, courbées sous le vent.

A droite, un navire de guerre, à la proue richement ornée, vogue toutes voiles dehors; il a lâché sa bordée de salut en entrant dans le port; vers ce navire se dirige une chaloupe de pilote. Dans les agrès et sur le pont, l'équipage travaille avec ardeur à carguer les voiles.

Plusieurs bâtiments se trouvent dans le lointain; ils répandent le mouvement et la vie sur tous les points de cette belle composition, d'une exécution large, facile, et qui appartient à la meilleure manière du maître, parvenu à l'apogée de son talent.

Le ciel est cerné par d'épais nuages, précurseurs d'un *gros temps,* selon le langage des marins. On dirait que ces nuages marchent dans l'espace; quant au mouvement des flots, il est rendu avec une vérité qui fait illusion. C'est la nature même traduite par un pinceau magistral, qui crée en imitant, et rien ne trahit le tâtonnement ou l'effort.

Hauteur 35 cent. Largeur 46 cent. Bois.

Décrit au *Catalogue raisonné* de SMITH, volume VI, page 331, n° 38.

44. VELDE (Adrien Van de).

Né à Amsterdam en 1639. — Mort dans la même ville en 1672.
Élève de Jean Wynants.

L'AUTOMNE.

Un gentilhomme, portant cape et épée, coiffé d'un large feutre noir et vêtu d'une casaque en drap rouge, arrête sa monture, un cheval blanc, au détour d'un chemin, sur un sol sablonneux, pour faire l'aumône à une femme qui implore la charité du noble voyageur.

Plus loin, à droite, au bas d'un tertre, est assise une femme tenant sur ses genoux son jeune nourrisson. Près d'elle est couché un villageois.

Sur le tertre, bordé d'une haie en paille, croissent un chêne et un saule au rare feuillage. Le soleil couchant éclaire fortement cette partie de la composition.

Au premier plan, à droite, tournant le dos au spectateur, chemine un valet de chasse, portant son fusil auquel pend un lièvre. On aperçoit, au sommet d'un monticule plus éloigné, quelques personnes qui s'avancent du côté du spectateur.

Le fond se termine par des montagnes auprès desquelles s'élève un château à demi caché par des massifs d'arbres. Le ciel resplendit malgré les nuages qui cernent l'atmosphère.

Un tronc d'arbre et quelques broussailles se détachent en vigueur sur le premier plan du tableau.

Au bas du tableau, dans le point central, sont les initiales du maître : A. V. V., 1663.

Hauteur 23 cent. Largeur 19 cent. Bois.

Décrit au *Catalogue raisonné* de Smith, volume V, p. 215, n° 136.

45. VELDE (Adrien Van de.)

Paysage. — Hiver. (Pendant du n° 44.) 32000

Au premier plan, sur un chemin en partie couvert de neige, s'avance dans la direction du spectateur un gentilhomme, les mains dans ses poches ; une femme le suit, elle porte une chaufferette, et un jeune garçon marche dans le même sens ; il retient d'une main le feutre qui lui sert de coiffure.

Plus loin, une autre femme en mantille noire et en jupon rouge, chemine dans la direction contraire, en luttant contre la violence du vent.

On voit un homme sur le canal, qui est pris par la glace. A gauche, à quelque distance, une femme avec des fagots sous le bras, contient son capuchon et marche péniblement vers la grève.

Dans le fond, au delà du canal, que borde une rangée de saules, s'élève une habitation rustique, entourée d'arbres dépouillés de leur feuillage ; le vent agite avec force leurs rameaux dénudés.

On distingue dans le lointain le clocher d'une église, quelques cabanes, çà et là diverses figures.

Des nuages flottent dans le ciel ; à travers ce rideau mobile percent quelques rayons lumineux qui éclairent d'une manière piquante cette journée d'hiver, en produisant un effet vraiment délicieux.

Sur un tronc d'arbre couché, au premier plan, signé : A. V. Velde, 1665.

Le pinceau d'Adrien Van de Velde n'a rien produit de plus suave, de plus précieux que ces bijoux d'art, d'expression et de vérité. Harmonie, transparence, éclat du coloris, pureté du dessin, la vie même animant chaque personnage comme pour correspondre au charme de sites délicieux, tout est réuni dans ces deux compositions d'élite d'un maître heureusement inspiré.

Hauteur 23 cent. Largeur 19 cent. Bois.

Ce tableau et le précédent proviennent de la collection Arend Van der Werf-Van Zuiland, Dordrecht, 1811.

Décrit au *Catalogue raisonné* de Smith, volume V, p. 215, n° 135.

---

46. WEENIX (Jean).

Né à Amsterdam en 1664. — Mort dans la même ville en 1719. Élève de son père, Jan-Baptist Weenix.

VUE D'UN PARC SEIGNEURIAL. 16,000

Dans un parc s'élève, au fond à gauche, un beau château précédé d'un étang où l'on voit une fontaine avec jet d'eau. Des statues en marbre entourent l'étang sur lequel un seigneur et sa suite voguent dans une barque somptueusement ornée.

A droite et au premier plan, un beau cygne mort, la tête traînant sur le sol, une aile déployée, pend, attaché à un vase en pierre, orné de bas-reliefs, représentant une bacchanale. Ce cygne occupe la partie principale du tableau; tout auprès gît, à terre, un paon dont la queue est cachée derrière le cygne; en avant, on voit une perdrix et un merle.

A gauche, dans une corbeille d'osier qui repose sur le sol, se trouvent des pêches, des raisins et un melon. Quelques noix et des abricots ont roulé hors de la corbeille.

Près du piédestal du vase, à droite, sur une tablette, sont posées des roses de Hollande, et par terre un couteau de chasse à manche en corne de cerf.

Signé : J. Weenix f., 1710.

Hauteur 1 mètre 68 cent. Largeur 1 mètre 51 cent. Toile.

---

47. WERFF (le chevalier Adrien Van der).

Né à Kralinger-Ambacht en 1651. — Mort à Rotterdam en 1722.
Élève de Cornélis Picolett et d'Eglon Van der Neer.

INTÉRIEUR D'UN RICHE APPARTEMENT.

Une jeune dame aux cheveux blonds et bouclés, les yeux élevés vers le ciel, chante en s'accompagnant de la guitare. Elle est vêtue d'une robe à queue en satin blanc, garnie de bouillons entrelacés de perles fines et de rubans. Cette robe, à demi relevée par devant, laisse voir le bas d'un jupon de soie bleue avec une garniture brodée d'or. Un châle rouge jeté sur le bras préserve la robe du contact de la guitare.

Un voile de mousseline, posé sur la tête, encadre gracieusement le visage et tombe sur les épaules.

Auprès de la dame, un jeune homme a interrompu son accompagnement pour mieux écouter. Son bras gauche est appuyé sur le dossier de son siége ; il tient encore un archet de la main gauche, mais son violoncelle repose contre une chaise. Le jeune homme est coiffé d'une perruque à grandes boucles, et sa robe de chambre de soie laisse entrevoir un gilet en soie jaune.

Devant ces deux personnages jappe un petit chien épagneul, à la robe brune et blanche; on dirait que la musique l'agace.

A gauche, se trouve une table couverte d'un tapis de Smyrne. Le fond se termine par une riche architecture, ornée de statues et de bas-reliefs.

Hauteur 46 cent. Largeur 36 cent. Toile.

Décrit au *Catalogue raisonné* de Smith, volume IV, p. 211, n° 103.

---

48. **WOUWERMAN** (PHILIPPE).

Né à Harlem en 1620. — Mort dans la même ville en 1668.
Élève de son père et de Jan Wynants.

HALTE DE CAVALIERS.

A la porte d'une auberge, qui occupe la partie à droite du tableau, un cavalier espagnol est arrêté, le poing appuyé sur la hanche; il tient de la main gauche la bride de son cheval blanc, qu'il laisse souffler et se reposer. Les cheveux de l'hidalgo lui tombent sur les épaules, en s'échappant d'un feutre brun à larges bords, orné d'une plume. Il est vêtu d'un habit à basques rouges, dont les pans sont relevés; enfin, il porte un baudrier et a pour chaussure de grandes bottes à revers.

A côté, se trouve un cheval bai-brun harnaché, que son maître tient par la bride, et dont la croupe est tournée vers le spectateur; un palefrenier apprête la ration dans une auge.

Une vieille femme, placée près de l'auberge, semble implorer la pitié du premier voyageur.

Un peu en arrière, à gauche, un autre cavalier contient par la bride un cheval noir qui se cabre.

De la main droite, il tient son chapeau et salue respectueusement une jeune dame, montée sur sa haquenée, qui se dirige vers le spectateur; cette dame est accompagnée d'un personnage à cheval, et d'un valet de chasse à pied avec un faucon sur le poing, et que suit un chien.

Du même côté, au premier plan à gauche, deux enfants font voguer un bateau en papier sur une mare où un chien se désaltère.

Pour ne pas suspendre la description, nous avons reproduit l'ensemble du tableau; il convient d'ajouter ici quelques détails : c'est, auprès du cheval brun, un chien lévrier qui se repose, et deux poules occupées à chercher leur picorée.

L'auberge, construction très-pittoresque, est tapissée d'une vigne et surmontée d'un pigeonnier. Au sommet de l'habitation, vers le pigeonnier, devant une fenêtre, repose, sur deux bâtons, une planche avec des pots de fleurs. Au fond, à droite, s'élève un château.

Le ciel est nuageux, et les rayons du soleil annoncent le déclin du jour, jetant son dernier éclat.

Cette composition, une des plus remarquables, des plus heureuses de Philippe Wouwerman, se distingue par la variété des personnages, le bien-rendu des chevaux ; c'est une œuvre vraiment ravissante sous tous les rapports. Elle est digne de faire le pendant du magnifique tableau du même maître, acheté pour l'Empereur des Français à la vente de la collection Patureau.

Hauteur 43 cent. Largeur 36 cent. Bois.

Provenant de la collection Braamkamp, Amsterdam, 1771.

Décrit au *Catalogue raisonné* de Smith, volume I, page 228, n° 92.

---

49. WOUWERMAN (Philippe). 32100

SCÈNE DE VOYAGE.

Sur un terrain sablonneux s'élève, à gauche, un arbre aux feuilles légères. Un voyageur en justaucorps bleu, en culottes brunes et en bas gris, vient de mettre pied à terre ; il conduit par la bride son cheval blanc moucheté de roux, et dont la selle est recouverte d'un manteau rouge.

Le cheval lève vivement le pied droit; il semble impatient de reprendre l'allure rapide qui lui est familière.

Près du voyageur qui chemine ainsi sur son cheval, à droite, tournant le dos au spectateur, une dame en robe de soie lilas et les cheveux bouclés, monte une haquenée brune à queue blanche.

Devant le cavalier se reposent deux chiens, l'un brun, l'autre noir.

A gauche, on voit un paysan qui marche portant un paquet attaché au bout d'un bâton. Une femme assise tient dans ses bras son nourrisson ; auprès d'elle, se trouve un autre enfant couché, enfin un valet descend à droite le long du chemin.

Le ciel est parsemé de nuages ; dans le lointain, quelques arbres reposent agréablement la vue.

Hauteur 27 cent. Largeur 28 cent. Bois.

Décrit au *Supplément du Catalogue raisonné* de Smith, page 185, n° 124.

---

50. WOUWERMAN (Pierre).

Né en 1625. — Mort en 1683. Élève de son frère, Philippe Wouwerman.

RETOUR DE LA CHASSE AU FAUCON.

Au premier plan, à droite, une jeune dame vêtue d'une robe jaune que recouvre en partie une douillette rouge, et montée sur une haquenée, semble attendre un chasseur dont un valet habillé de rouge, en culottes bleues et avec des bottes à revers, tient le cheval, qui, la tête basse, flaire un chien lévrier couché sur le sol.

Derrière la dame, un chasseur, monté sur un cheval brun, porte un faucon sur le poing gauche. Auprès de ce groupe se trouve un valet de chasse, un bâton à la main.

A gauche, au centre du second plan, un gentilhomme monté sur un cheval brun, une dame le suit, et, un peu plus loin, un autre chasseur a mis pied à terre et conduit par la bride son cheval vers une fontaine.

Enfin, dans le lointain, à gauche, un berger dort sur une élévation couronnée d'arbres, au pied desquels se trouvent un chien et une vache qui mugit.

A l'extrémité d'un horizon de montagnes, on remarque quelques habitations et un berger qui garde un troupeau de moutons.

Le ciel, chargé de nuages, indique le déclin du jour.

Hauteur 34 et 1/2 cent. Largeur 40 cent. Bois.

---

51. WYNANTS (Jean) et VELDE (Adrien Van de).

Wynants, né à Harlem vers 1600. — Mort vers 1677.

PAYSAGE ACCIDENTÉ.

Toute la partie gauche du tableau est occupée par un terrain accidenté, escarpé, sablonneux, tournant, où se trouve une route que borde une palissade en bois et en paille, attachée vers le premier plan à un tronc d'arbre dépouillé de ses feuilles.

Plus loin, sur la pente du chemin qui descend, s'avance un chasseur avec son fusil sur l'épaule et deux chiens en laisse, tandis qu'un autre chien le précède sur le bord d'un chemin qui aboutit à l'entrée d'une forêt, dont les arbres se dressent au fond.

Au sommet, en dehors de la clôture, sur un tertre en partie éboulé et recouvert de gazon, une vache rousse est occupée à paître. Tout près, on voit un mouton.

Au premier plan, sur une route sinueuse qui passe au pied de la montagne, en la contournant et en longeant un canal, se trouve un coche traîné par trois vigoureux chevaux. A la portière, on distingue un homme qui fait l'aumône à un mendiant, devant lequel deux enfants exécutent des tours d'équilibristes pour divertir les voyageurs et en obtenir quelques dons. Deux autres garçons courent pour atteindre le coche et profiter de l'aubaine.

Au delà du canal, des prairies encadrées d'arbres ; au fond, un horizon de montagnes. Tout le terrain est éclairé, de gauche à droite, par les rayons du soleil qui percent un léger rideau de nuages, en donnant un charme indéfinissable à cette composition, bien digne d'être citée comme un des meilleurs résultats de la collaboration de J. Wynants et d'Adrien Van de Velde.

Signé à droite, au bas du chemin : J. WYNANTS.

Hauteur 38 cent. Largeur 42 cent. Bois.

Décrit au *Catalogue raisonné* de SMITH, vol. VI, page 248, n° 71.

Tableaux qui se trouvent dans les appartements.

---

52. **HONDECOETER** (Melchior de).

Né à Utrecht, en 1636. — Mort en 1695. (École hollandaise.)
Élève de Gysbert de Hondecoeter et de Jan-Baptist Weenix.

PARC ANIMÉ PAR QUELQUES VOLATILES.

Dans le parc d'un château, auprès d'un monument en ruines, dont l'ancienne splendeur est attestée par quelques colonnes encore debout, on voit sur un piédestal carré un vase à la partie supérieure brisée, avec la panse ornée de sculptures représentant un satyre, et à la base deux têtes de satyres.

Près du vase, un paon au riche plumage a renversé un jeune poussin et lui écrase la patte. Aux cris de sa progéniture, accourt une poule blanche qui, avec le courage maternel, menace l'oppresseur, peu soucieux de cette colère, tandis que la poule protége par son intervention ses autres poussins qui vont à la picorée. Derrière, à demi cachée, se trouve une grue qui regarde cette scène dramatique.

Non loin du vase, en arrière de la poule, un tronc d'arbre brisé ; au bas du piédestal croissent des chardons ; au fond, se développe le château.

Hauteur 1 mètre 57 cent. Largeur 1 mètre 45 cent. Toile.

---

53. BREUGHEL (Jean, dit de velours).

Né à Bruxelles en 1568. — Mort à Anvers en 1625. (École flamande.)
Élève de Pieter Goekindt.

ENVIRONS D'UNE VILLE FLAMANDE.

Un grand nombre de charrettes, les unes chargées de personnes, les autres de légumes, sillonnent la route en divers sens.

A droite, s'élève un château d'où sortent de nobles personnages. Une embarcation emporte trois paysans et une laitière. Du haut du pont, une paysanne et un enfant jettent à manger à des canards; plus au centre, deux cavaliers, puis une charrette portant quelques personnes et suivie d'un paysan.

Hauteur 44 et 1/2 cent. Largeur 70 cent. Bois.

54. BREUGHEL (Jean).

VUE D'UNE VILLE DE FLANDRE.

Des voitures transportent des voyageurs. Au centre, près d'une de ces voitures, un cavalier monté sur un cheval blanc cause avec une dame.

Au premier plan, on voit un seigneur avec sa famille; un villageois lui indique le chemin à suivre; à droite, auprès d'une charrette, un paysan est occupé à harnacher ses chevaux.

Dans une pièce d'eau située à gauche, un cavalier fait boire sa monture.

Au fond, une rivière traverse le paysage.

Hauteur 24 cent. Largeur 31 et 1/2 cent. Cuivre.

55. **BREUGHEL** (Jean, dit de Velours).

PENDANT DU NUMÉRO PRÉCÉDENT.

L'artiste représente un village côtoyé par une rivière où se trouvent de nombreuses embarcations remplies de passagers.

Sur le bord à gauche, une voiture attelée de deux chevaux a amené la famille d'un gentilhomme qui va s'embarquer.

Sur la rive, différentes habitations, et l'on distingue au fond une église.

Hauteur 24 cent. Largeur 31 et 1/2 cent. Cuivre.

---

56. **HAGEN** (Jean Van der).

Né à La Haye, en 1635.

PAYSAGE DE L'ARCADIE.

Au premier plan, à droite, des bergères sont couchées auprès de moutons étendus sur l'herbe sous un grand arbre ; on voit à terre un manteau et un chapeau de paille.

A gauche, un berger à demi caché par un tertre élève sa main droite au-dessus de sa tête ; il adresse la parole aux figures du premier plan.

Enfin, à gauche, deux vaches, l'une grise, couchée et vue de face; l'autre, brune, se présente de profil.

Au fond, à droite, les ruines d'un édifice, et à gauche, un monument funéraire, un vase sur une colonne.

L'avant-plan est élevé ; le second se creuse en ravin.

Hauteur 28 et 1/2 cent. Largeur 36 cent. Bois.

---

57. **HUGTENBURG** (Jean Van).

Né à Harlem en 1646. — Mort à Amsterdam en 1733. Élève de Thomas Wyck, de Jacob Hugtenburg et de Van der Meulen.

VUE D'UN CAMP.

Au centre de la composition, des cavaliers pansent leurs chevaux ; à droite, d'autres cavaliers boivent à l'heureux voyage d'un de leurs camarades qui est en selle, et, le chapeau à la main, les salue au moment du départ.

Au fond, s'élève le camp entouré d'arbres, et sur la hauteur un château-fort.

A gauche, on voit de dos un cheval harnaché et sans cavalier.

Tout auprès, une vieille femme assise et un petit garçon plumant de la volaille.

Un militaire à cheval se retourne pour parler à une cantinière placée près d'une tente et qui décroche un morceau de viande pendu à un mur.

Dans le fond, des tirailleurs disséminés en vedettes.

Hauteur 62 cent. Largeur 76 cent. Toile.

---

58. **KONING** (Philippe de).

Né à Amsterdam en 1619.—Mort dans la même ville en 1689. Élève de Rembrandt.

PAYSAGE.

Sur un petit panneau, l'artiste reproduit un site montueux, dont le premier plan est occupé par quelques habitations et des massifs d'arbres. Au pied de ces derniers, coule une rivière. A droite, des terrains sablonneux produisent un effet rempli de charme sous l'action des rayons du soleil qui les éclairent. Sur le premier plan, quelques figures et des animaux.

A l'horizon, que cerne une chaîne de montagnes, entrecoupées de quelques chemins, un épais rideau de nuages.

Bien que ce tableau porte la signature de Ruisdael, il nous semble être l'œuvre de Philippe de Koning.

Hauteur 28 et 1/2 cent. Largeur 24 et 1/2 cent. Bois.

---

59. LAIRESSE (Gérard de).

ALLÉGORIE AVEC ÉPITHALAME.

Dans l'intérieur d'un édifice d'un grand style architectonique, et décoré de statues et de bas-reliefs, une jeune femme, magnifiquement vêtue, est assise, les mains croisées sur sa poitrine presque entièrement découverte. Elle semble hésiter à accepter un sceptre que lui offre un jeune homme debout devant elle, en longue tunique et retenant de la main gauche son manteau de pourpre que soulèvent des génies.

Auprès de la femme se trouve la figure allégorique de l'Hyménée, avec des roses sur la tête et un flambeau à la main. Cette figure couronne le principal personnage du tableau (la femme assise).

A l'avant-plan, vue de dos, sur les marches de l'appartement, est agenouillée une suivante qui jette des fleurs aux pieds du jeune homme ; un amour apporte un candélabre à trois pieds.

L'appartement, orné de colonnes, est suivi d'une seconde pièce où s'élève un lit magnifique ; entre les colonnes, à droite, un rideau qu'écarte un Amour permet d'apercevoir une enfilade de salons et un personnage qui joue de la harpe.

Hauteur 1 mètre 6 cent. Largeur 93 et 1/2 cent. Toile.

---

60. MAES (Nicolas).

Né à Dordrecht, en 1632. — Mort à Amsterdam, en 1693.
Élève de Rembrandt.

PORTRAIT D'UN VENEUR.

L'artiste a représenté un jeune homme sous un costume de chasse, tenant une pique de la main gauche ; il est debout, le bras droit reposant sur un tertre avec la main qui pend.

Sa chevelure brune est bouclée et ses vêtements sont jaunes à crevés bleus, époque de Louis XIV, avec un manteau pourpre. Près de ce veneur du grand monde, un lévrier et un épagneul, également de race aristocratique.

Signé au bas du tableau sur un roc à gauche : N. Maes.

Hauteur 57 cent. Largeur 45 cent. Toile.

---

61. MAES (Nicolas).

PORTRAIT D'UNE JEUNE FEMME.

Dans l'intérieur d'une habitation seigneuriale, le coude appuyé sur un fragment de rocher où sont posées des fleurs, est assise une jeune femme, la poitrine décolletée, vêtue d'une robe de soie pourpre à larges manches avec des bouillonnets crevés, d'où s'échappent des manchettes bouffantes en mousseline. Elle porte une chemisette garnie de dentelles et un collier de perles blanches.

De la main droite, elle joue avec une boucle de ses cheveux, et sa main gauche, croisée sur sa poitrine, retient une écharpe en mousseline.

Signé, à gauche, sur le rocher : Maes.

Hauteur 57 cent. Largeur 45 cent. Toile.

---

62. MOREELSE (Paul).

Né à Utrecht, en 1571. — Mort dans la même ville, en 1638.

PORTRAIT D'UN JEUNE GENTILHOMME.

Le peintre le représente debout, le pied droit en avant, le poing gauche sur la hanche; il tient son chapeau de la main droite, et le bras pend le long du corps. Les longues boucles de ses cheveux châtains encadrent son visage.

Un pourpoint noir, dont les manches à crevés laissent voir la chemise, est en partie recouvert d'un ample manteau à bords découpés. Sur la poitrine tombe une large chemisette en mousseline garnie de dentelles; les poignets sont ornés de manchettes du même genre.

Hauteur 58 et 1/2 cent. Largeur 43 cent. Toile.

---

63. MOREELSE (Paul).

PORTRAIT DE FEMME. (Pendant du n° précédent.)

Cette femme est vêtue d'une robe de satin noir à manches bouffantes, ornée de guipures et serrée à la taille par une ceinture de rubans à larges nœuds.

Sur sa poitrine tombe une grande chemisette garnie de dentelles; un collier de perles blanches brille à son cou; elle a des manchettes en dentelles, et un bracelet de perles à plusieurs rangs entoure son bras gauche, en descendant sur la main; le bras pend le long du corps.

La main droite tient une montre dont le verre est relevé.

Hauteur 58 et 1/2 cent. Largeur 43 cent. Toile.

---

64. WOUWERMAN (Philippe).

RETOUR DE LA CHASSE. 3500

Ce tableau est du temps des débuts du maitre. Au premier plan, à droite, une jeune femme en robe de satin, et montée sur un cheval blanc et jaune, se retourne pour parler à des chasseurs couchés à terre auprès d'un arbre renversé. Un de ces chasseurs caresse un chien, l'autre sonne l'hallali.

A côté de la dame se trouve une duègne vêtue de noir, avec une jupe jaune et la tête couverte d'un capuchon.

Au centre, un mulet rapporte le cerf mort dont un valet de chasse va s'occuper. Derrière, vient une autre dame montée sur un cheval brun ; elle a un faucon au poing. Un cavalier part au galop de sa monture, dans la direction à gauche vers le fond.

Un chasseur sur un cheval brun, avec un faucon au poing et un homme armé d'un fusil, passent à gué un cours d'eau.

Des montagnes terminent le paysage, qui offre un aspect riant d'un caractère gracieux.

Ce tableau remonte à l'époque où Philippe Wouwerman cherchait à imiter Pierre De Laar.

Hauteur 42 cent. Largeur 56 cent. Toile.

www.ingramcontent.com/pod-product-compliance
Ingram Content Group UK Ltd.
Pitfield, Milton Keynes, MK11 3LW, UK
UKHW021626260726
13994UKWH00003B/1096

9 782329 453668